Jean Rouaud est né en 1952. Auteur d'une œuvre considérable dont *Les Champs d'honneur,* prix Goncourt 1990, il nous livre ici le cinquième opus de sa série « La vie poétique » après *Comment gagner sa vie honnêtement*, *Une façon de chanter*, *Un peu la guerre*, *Être un écrivain.*

Jean Rouaud

KIOSQUE

(La Vie poétique, 5)

ROMAN

Bernard Grasset

TEXTE INTÉGRAL

ISBN 978-2-7578-8151-4
(ISBN 978-2-246-80380-5, 1re publication)

Vous tous camarades de la rue de Flandre

Robert DESNOS

J'avais eu de ses nouvelles par internet, alors que je cherchais son nom avec l'idée toujours remise de lui rendre une visite, un portrait qu'avait fait de lui un quotidien, où il parlait de son métier, de la crise et du déclin de la presse dont il avait été le témoin au cours des trente dernières années, de la fermeture des kiosques qui en était la conséquence, de la situation de plus en plus précaire des marchands de journaux, d'un monde en voie de disparition en somme, lequel avait accompagné l'histoire du siècle précédent avec ses vendeurs à la criée, ses mutilés de guerre immobiles derrière leur étal, ses grands reporters intrépides, ses plumes jouant les cassandres, et s'en était allé avec lui. Si on s'était adressé à mon vieux camarade plutôt qu'au marchand du coin dont le journaliste aurait recueilli en habitué les doléances, c'est sans doute parce qu'il était monté en première ligne pour la défense de la profession, ce qui correspond bien à l'image de militant anarcho-syndicaliste qu'il aimait à se donner, même si je ne suis pas certain qu'elle lui correspondît vraiment.

C'était un homme pacifique, méticuleux, honnête. Ce goût du militantisme venait de ses années soixante-huitardes, fidélité nostalgique à sa jeunesse combattante, au drapeau noir brandi dans les manifestations où, du temps que nous travaillions ensemble, il aimait à l'occasion retrouver le dernier carré de ses semblables. En réalité il ne les fréquentait qu'à ces rassemblements, n'étant affilié à aucune cellule, se contentant de brandir haut et fort ses convictions quand il avait un coup dans le nez – ce qui se traduisait par un chant révolutionnaire braillé à l'ouverture du kiosque dans la foulée d'une nuit arrosée devant quelques passants encore ensommeillés – et de feuilleter *Le Libertaire* et *Le Monde libertaire* que nous recevions comme des milliers d'autres titres.

Il m'attendait parfois afin d'en commenter un article, l'accompagnant d'un bon mot qui le faisait ricaner avant de tirer une bouffée de sa pipe et de replonger dans ses comptes auxquels il consacrait une grande partie de son temps libre. Penché sur ses bordereaux posés sur la tablette encombrée de piles de magazines, comptant et recomptant les colonnes de chiffres, il tournait le dos ostensiblement aux acheteurs qui au bout d'un certain temps perdaient patience, les uns se manifestant pour attirer son attention, d'autres partant silencieusement se fournir ailleurs. Il ne consentait à pivoter la tête qu'après avoir achevé ses longues additions d'invendus.

Je crois me souvenir qu'il était affilié à un syndicat corporatiste, ce qu'il considérait comme relevant de son devoir de militant, ce qui, à chaque soubresaut de la profession, l'amenait à reprendre le combat comme le vieux Malraux bourré de tics et transpirant l'opium prêt à reformer une flottille volante pour se porter au secours du Bangladesh, manière de se raconter au seuil de la mort qu'il n'avait pas trahi les emballements de sa jeunesse. Son statut de gérant de kiosque l'avait propulsé du côté des commerçants et des petits patrons, plus tout à fait au coude à coude avec les damnés de la terre, ce qui le contrariait un peu, ne collait pas avec les slogans vengeurs de la Fédération anarchiste, mais il se vivait toujours comme exploité par les grands groupes dont les NMPP, l'organisme de distribution des quotidiens et des magazines. Ce qui n'était pas complètement faux, les kiosquiers constituant, en bout de chaîne, une des variables d'ajustement de la presse.

Dans les hautes sphères on était même plutôt d'avis de s'en passer. La menace planait. Tout en haut de la hiérarchie on rêvait à des appareils automatiques permettant aux acheteurs de se servir eux-mêmes, et au distributeur de récupérer le pourcentage habituellement dévolu aux marchands, une pratique courante aux États-Unis où l'on peut voir avec étonnement, dans un pays réputé pour sa violence, les lecteurs s'acquitter scrupuleusement de leur obole avant de soulever le couvercle d'une boîte en plexiglas et de repartir sans se sentir obligés d'emporter une pile de journaux ou de les semer dans le caniveau. L'obsession du profit étant une seconde nature chez certains, l'expérience fut tentée dans le métro parisien, mais dès le lendemain de leur installation tous les appareils automatiques avaient été défoncés. Peut-être comme les tailleurs et les *luddites* s'en prirent jadis aux premières machines à coudre et aux métiers à tisser qu'ils voyaient comme des rivaux et brisèrent à coups de barre de fer. Avec raison quand on sait comme la partie était inégale entre ces hommes armés d'un fil et d'une aiguille et la puissance industrielle avec son esprit de lucre et ses manières de soudard.

Pour cette fois le milieu n'insista pas, trop coûteux le remplacement à répétition des appareils, mais il conserva son objectif, attendant son heure. Elle vint quand quelqu'un s'avisa que la meilleure façon d'en finir avec les kiosquiers serait d'organiser la distribution gratuite de quotidiens, ce qui revenait à offrir des baguettes de pain à la porte des boulangeries. De quoi indigner logiquement la profession. Le procédé dura quelque temps, avant qu'internet ne mette tout le monde d'accord. Pour les nouvelles, plus personne ne compte sur le journal du matin et ses scoops retardataires. Annoncent-ils que le fort de Douaumont a été repris, on sait déjà qu'entre-temps il est retombé dix fois.

Sans doute P. avait-il grimpé à l'intérieur de l'organisation et était-il devenu par son ancienneté, sa connaissance des luttes syndicales, une sorte de vieux sage vers lequel on se tournait chaque fois que les choses n'allaient pas dans les kiosques, mais j'étais surpris de le découvrir dans une manifestation dénonçant les ouvriers du Livre dont la grève empêchait l'impression des quotidiens, privant les marchands de leur principal revenu. La situation n'était pas nouvelle. Régulièrement, avec leur pouvoir d'étranglement du circuit, les mêmes manifestaient par des arrêts de travail leur mécontentement, que ce fût pour réclamer une augmentation de salaire ou s'opposer à une réorganisation au sein de l'entreprise. Mais du temps que nous travaillions ensemble je ne suis pas certain que P. aurait pris ouvertement position contre eux. De peur de passer pour un réactionnaire, bien sûr, pour un « jaune », un briseur de grève, mais pas seulement, il essayait de comprendre leurs motivations, avançant que par leur action ils servaient la cause. La cause en général, car pour la nôtre, on ne voyait pas trop, ou alors il convenait de se projeter à long terme, et si le long terme correspondait à la situation décrite dans l'article, savoir la disparition programmée de la profession, ce n'était manifestement pas un investissement d'avenir.

Il prenait sur lui de ne rien laisser paraître de la gêne provoquée par ces journées amputées de la vente des quotidiens, prêchant au contraire la bonne parole syndicaliste devant les vieux ronchons qui ne manquaient jamais, dépités, repartant les mains vides, de déverser leur bile contre les syndicats, proposant d'envoyer les CRS pour remettre tout le monde au travail, ou l'armée pour prendre la place des réfractaires sur les rotatives. Les entendre maugréer nous renforçait dans nos convictions, au moins la ligne de partage idéologique était nette, qui nous aidait à encaisser le désastre de la recette du jour, mais ceux-là n'étaient qu'une poignée, la plupart des clients de la rue de Flandre prenaient la chose avec philosophie, concédant que c'était toujours autant d'économisé, qu'ils pourraient enfin lire le journal de la veille, et même de l'avant-veille, et encore au-delà, avouant se contenter le plus souvent de le feuilleter d'un œil distrait, et par son achat de sacrifier davantage à un rituel, comme si cette grève de la presse les mettait en vacances de l'actualité, ou les dédouanait de ne pas s'y intéresser. Les lecteurs du *Monde* étaient les plus meurtris par cette absence mais s'affichant de gauche, et pour les mêmes raisons que mon vieux camarade, ils refusaient d'émettre un commentaire négatif sur le mouvement qui les privait de leur drogue journalière. Ils repartaient en état de manque, se demandant comment combler ce trou béant d'une heure ou deux dans leur soirée.

Les journaux revenus, tout s'oubliait spontanément, les sourires refleurissaient, un petit ah de satisfaction à la vue du quotidien dans son casier, et aussitôt les conversations retrouvaient leur cours normal selon les intérêts et les lubies de chacun. Les différends politiques devenaient une sorte de jeu dans lequel les uns et les autres reprenaient leur rôle, P. réenfilant sa noire panoplie et en rajoutant dans la provocation devant cette lectrice du *Figaro*, une dame dans la soixantaine, apprêtée, solidement permanentée, dont pas un cheveu ne volait au vent, qui ne serait jamais sortie en tenue négligée comme certains se l'autorisaient sous prétexte que nous étions le week-end – je la revois dans un élégant tailleur vert tendre – et qu'il rabrouait régulièrement pour ses commentaires qui, de fait, n'avaient rien de progressiste. Elle s'acharnait à défendre ses convictions, repartait à chaque fois horrifiée, mais était la première à s'inquiéter quand P. était absent. Elle confiait alors aimer beaucoup débattre avec lui. Ce qui constituait, ces joutes sans conséquence, une forme d'animation du quartier, et un contrepoint à la solitude pour certains.

J'étais heureux de le retrouver à la dernière page du journal d'ordinaire réservée aux célébrités. Ce que je ressentais comme une réparation de justice. Il m'avait lui aussi au fil des années croisé dans la presse. Les quelques fois où je lui avais rendu visite, rue de Flandre et plus tard dans sa nouvelle installation de l'avenue Jean-Jaurès, il me parlait d'articles qu'il avait lus, à quoi je comprenais qu'il me suivait à distance, mais je ne relevais pas, un peu gêné par la situation, et bien vite nous passions à lui, à sa vie – il avait une nouvelle compagne après une liaison qui l'avait fait beaucoup souffrir –, à l'évocation des figures de jadis, il me donnait des nouvelles des uns des autres. Tu te rappelles de Claude ? Bien sûr, le vieil homo revendiqué qui feuilletait ostensiblement *Le Gai Pied* et profitait qu'il y ait trois ou quatre personnes devant le kiosque pour lire les titres à haute voix ou s'extasier devant les photos d'hommes nus, ce qui n'était pas sans créer une certaine gêne parmi les clients présents, les uns jouant à je n'ai rien entendu, les autres hasardant une blague pas toujours bien perçue. D'ordinaire les lecteurs de la presse homosexuelle attendaient qu'il n'y ait personne pour prendre leur magazine, vérifiant bien par un coup d'œil à droite à gauche qu'ils étaient seuls. C'était une telle épreuve pour certains, incapables de formuler leur demande, que nous avions exposé à portée de main leurs revues de manière qu'ils n'aient qu'à tendre le bras pour s'en saisir sans un mot, du genre ne vous dérangez pas pour moi j'ai trouvé ce que je cherchais, ce qui, ce calvaire vécu par ceux-là, qui devenait par leur confusion ostensible aussi le nôtre, en disait plus long que tous les discours officiels sur une sexualité prétendument librement vécue.

Claude était mort, non, pas du sida, d'une crise cardiaque, et le chien de Roselyne aussi, un cocker fou qui lui menait une vie d'enfer mais dont la disparition la rendait inconsolable, la renvoyant à sa solitude quand elle avouait déjeuner debout devant la porte ouverte de son réfrigérateur, attendant désespérément l'âme sœur, rêvant sur tel voisin dont elle avait repéré l'heure à laquelle il venait acheter son journal, s'arrangeant pour le croiser devant le kiosque, tiens, comme le hasard fait bien les choses, faisant semblant d'être absorbée par le feuilletage d'une revue, le convoité ne la voyant même pas, et elle s'excusant quand il se prenait les pieds dans la laisse de son chien, réprimandant

Bayard qui était Bayard-de-quelque-chose-de-quelque-chose sur son pedigree, qu'on aurait mieux fait de croiser avec un bâtard car toute cette consanguinité lui était montée à la tête, et cet échange confus qui s'était soldé par un croisement de regards, ce qu'elle nous demandait de confirmer, elle n'avait pas rêvé, oui Roselyne, il t'a regardée, lui donnait de quoi rêver jusqu'au lendemain.

Les magasins aussi disparaissaient, ou changeaient d'enseigne, ou de propriétaire. La mercerie avait fermé, les jolies mercières envolées qui venaient nous demander la monnaie, qui nous confiaient parfois les clés du magasin à donner à l'une d'entre elles pour des questions de planning, ou de mésentente sur les horaires, ou d'oubli ou de rendez-vous chez le médecin, et la maroquinerie aussi, fermée, dont la propriétaire, férue de mots fléchés, à qui je pense chaque fois qu'il m'arrive de remplir une grille, ignorait le nombre exact de ses frères et sœurs, toute la famille partie en fumée dans le ciel d'Auschwitz, et qui m'offrit avec son mari de choisir une cravate dans leur magasin pour le jour où je passerais à la télévision, ce que je fis, et j'espère qu'ils l'ont repérée, ce soir-là, une cravate à dominante bleue. Et puis Marcel et Janine, les tenanciers de notre café de la rue Mathis s'en étaient repartis comme ils l'avaient toujours annoncé, la retraite venue, dans leur Morvan natal. Les matins glacés d'hiver, ils étaient les premiers à venir acheter leur

Parisien à l'ouverture de leur petit bar-restaurant, nous apportant gracieusement un café calva dans une tasse haute, tellement ils nous prenaient en pitié, gênés peut-être de rentrer bien vite se mettre au chaud quand nous resterions à lutter avec des températures dégringolant en dessous de zéro, et je les remerciais chaleureusement de cette attention, même si j'eusse préféré le café sans calva, car la mixture était rude. En fait de calva, ce devait être de l'alcool à brûler, mais je m'efforçais de la boire, avalant la première gorgée devant l'un ou l'autre, mimant une grimace initiale supposée traduire la violence de l'attaque, et aussitôt après affichant la mine réjouie d'un vendeur de journaux ragaillardi.

P. égrenait pour moi une longue liste de noms qui parfois ne me rappelait plus rien, mais si, tu sais bien, un gros, un grand, un barbu, une belle, une vieille dame, un casse-pied, et il y avait toujours un moment où il profitait de ma présence pour passer régler sa note au café d'en face, ou déposer un chèque à la banque, me laissant seul dans le kiosque, moi jouant à celui qui est demeuré le même, qu'on ne m'accuse pas d'avoir pris la grosse tête, mais de plus en plus perdu, plus les mêmes prix que de toute manière j'avais oubliés, ce qui m'obligeait à les rechercher quelque part sur la tranche ou en bas de page à quoi on reconnaît le débutant, et incapable de trouver des titres qui ne me disaient rien, apparus depuis mon départ, car c'était un mouvement incessant de naissance et de mort de magazines, proposant au client d'attendre le retour du chef, ou de repasser, ce qu'il ne fallait jamais proposer car celui-ci courrait chez le marchand voisin. Même la disposition des revues à laquelle P. tenait de manière quasi obsessionnelle, au point qu'on pouvait se saisir d'un titre quasiment les yeux fermés, s'était modifiée avec le temps et l'afflux des parutions.

Nous finissions toujours notre entretien par des considérations panoramiques sur la situation des marchands de journaux en particulier et de la presse en général, de sorte que je n'étais pas surpris de le retrouver en porte-parole des kiosquiers même si je m'étonnais de son opposition à la grève. Mais de le voir en dernière page, il me semblait que c'était un heureux dénouement pour notre kiosque, un rééquilibrage de parité concernant cette période de ma vie.

Sur la photo illustrant l'article, j'ai eu d'abord un peu de mal à le reconnaître. Je l'avais quitté les cheveux longs châtain foncé, drus, frisottés, bien partagés par une raie nette sur le côté, une barbe touffue lui tombant sur la poitrine, que sa pipe courbe, toujours suspendue à son bec, bourrée de tabac gros gris, avait roussie à l'endroit du tuyau, une barbe assyrienne, comme on en rencontre encore sur le plateau anatolien, qui lui valait l'étonnement un peu apeuré des enfants qui le découvraient pour la première fois, et auprès de certains clients le surnom de Barbe-Noire. Il était maintenant un homme grisonnant, les cheveux et la barbe toujours aussi fournis mais taillés beaucoup plus court, ce qui lui ôtait cet aspect protestataire à la Bakounine qu'il cultivait autrefois, ayant semble-t-il forci, mais comme la photo était prise en hiver, je sais comme nous entassions les chandails et les sous-vêtements pour lutter contre le froid, ce qui nous donnait toujours un côté bibendum. À la lecture de l'article il était facile de localiser son nouveau kiosque, implanté dans les beaux quartiers. C'était évidemment une promotion pour lui après trente années passées dans le populaire 19e arrondissement. Et un avantage certain. La clientèle de la place Saint-Sulpice est non seulement choisie – on ne l'imagine pas se précipiter sur les journaux de courses de chevaux ou les prédictions d'une quelconque Madame Soleil, n'ayant rien d'autre à espérer que les choses demeurent en l'état – mais pas du genre à broncher devant le prix des magazines, repartant sans même jeter un coup d'œil sur la tranche, une pile sous le bras, dont certains titres très chics et très coûteux que P. s'acharnait à mettre en service jadis mais qui n'étaient ni dans les moyens de nos fidèles de la rue de Flandre, ni dans leurs centres d'intérêt. De sorte que nous les renvoyions sans en avoir vendu un seul, que l'office fatigué de ces retours nous supprimait.

Comme dans le 6e arrondissement les célébrités abondent, je l'imaginais à ma prochaine visite me raconter avoir servi untel et unetelle, ce qui n'était pas le cas dans notre 19e où l'on pouvait tout juste apprendre qu'un de nos habitués avait fait de la figuration dans un téléfilm. Catherine Deneuve occupant un des appartements perchés de la place, il me glisserait négligemment, entre deux bouffées de sa pipe, qu'elle s'aventurait parfois jusqu'au kiosque, un foulard sur la tête, camouflée derrière des lunettes noires, se contentant dans l'échange du minimum de politesse exigé. Ou peut-être un jour de pluie ou de vent, un commentaire sur la météo inclémente, auquel il aurait répondu par un de ses bons mots appris au fil des années auprès des habitués, qu'il ressortait en situation, dont il s'empressait de rire lui-même, ce qui forçait l'autre à l'accompagner dans son hilarité.

À l'époque de la rue de Flandre, le temps était l'entame obligée des trois quarts de nos échanges. Je me régalais de certaines reparties, inédites pour moi venant de cet imaginaire de Loire-Inférieure à la parole comptée, que je voyais comme l'expression d'un esprit authentiquement populaire, parisien peut-être, et qui, jouant sur le comique de répétition, à chaque fois me mettaient en joie. Se plaignait-on du froid ? On n'a jamais été aussi près de l'été, me répliquait celui que j'appelais le grand Berbère, ce qui me valait à chaque fois un temps de réflexion avant de conclure qu'il avait raison. Ou quand il arrivait au kiosque trempé par une averse soudaine, secouant sa veste pour l'égoutter, et comme je le plaignais, répliquant d'un air détaché, oh, c'est rien, ça pourrait être pire, il pourrait pleuvoir, ce qui la première fois me fit éclater de rire. Berbère ou pas, c'était un homme grand aux yeux clairs, aux cheveux drus, à la peau burinée, que j'imaginais bien avec un chèche enroulé autour de la tête. Il avait travaillé toute sa vie comme serveur dans un bar de nuit de la rue Blanche. De sa voix rauque de fumeur – il était un des derniers à parler le mégot collé à la lèvre – il m'expliquait que la rémunération était faible mais les pourboires généreux, ce qui lui allait bien au moment de remplir sa feuille d'imposition, mais moins bien depuis qu'il touchait sa retraite calculée sur son salaire officiel, mais le tout dit dans un sourire et un haussement d'épaules, on ne pense pas à ça quand on est jeune, et évidemment son commentaire valait pour moi qui ne recevais même pas de pourboires. Mais c'est vrai que de là où j'étais, ayant choisi de vendre des journaux plutôt qu'autre chose de plus valeureux afin de dégager du temps libre pour écrire, la perspective de la retraite était le cadet de mes soucis, une hypothèse sans fondement aussi longtemps que mon horizon était barré par la seule question qui me préoccupait, celle de la reconnaissance littéraire. Il était entendu pour moi que ma vie commencerait vraiment de l'autre côté de ce mur de la publication, que d'ici là j'en étais le spectateur attristé et de plus en plus désolé à mesure que le temps passait et que mon espérance de salut baissait comme le jour quand s'annonce le soir. Disons que ma jeunesse s'éloignait aux grands pas des années et qu'il m'était de plus en plus difficile de rêver.

Il fallait que la situation eût cruellement empiré pour que P. tînt en première ligne des propos qu'il aurait vraisemblablement condamnés autrefois. Ou ce retournement syndical était-il à mettre sur le dos de l'âge et de la fatigue, d'un corps usé par la répétition des mêmes gestes, par la manipulation des lourds paquets et des bacs remplis à ras bord de papier, par la lassitude des levers avant l'aube, des longues stations debout, par l'étirement des heures dans le vent, le froid, la pluie, la canicule d'été, contre lesquels l'organisme s'épuise à lutter. Car il y a peu de jours dans une année qui donnent l'occasion de se réjouir de travailler à même le trottoir, où l'on peut sortir du petit habitacle pour s'offrir quelques secondes, visage levé, à la caresse du soleil. D'autant que les variations de température nous amenaient parfois à frissonner le matin et rôtir l'après-midi.

Certains magazines d'Espagne et d'Amérique latine nous étaient apportés, via un autre circuit de distribution, par un jeune Colombien très doux, dont le teint jaune rappelait l'ascendance indienne. Le temps de pointer les invendus et de procéder à l'échange des anciens numéros, il me parlait avec mélancolie de son pays et du printemps éternel qui y régnait – il venait d'une ville sur la côte du Pacifique – ce qui me rendait rêveur, ce beau temps égal, moi qui me plaignais du froid, enseveli sous mes dix couches de lainage. Sous cet aspect la Colombie m'apparaissait comme une sorte d'Eldorado. Vendre des journaux sur le trottoir quand le thermomètre descendait sous zéro (jusqu'à moins 18, un hiver où la neige resta plusieurs jours sur les trottoirs, formant de laids bourrelets grisâtres) était une telle épreuve pour moi que de toutes les tortures auxquelles on soumettait les internés dans les camps allemands ou soviétiques, ce sont toujours dans leurs témoignages les évocations du froid qui me font dire que je n'aurais pas survécu longtemps : les longues heures occupées à recenser des alignements de morts-vivants quasi nus dans l'hiver glacial d'Auschwitz, la peau de la main gelée de Chalamov qui se retire comme un gant, les crachats qui gèlent avant d'atteindre le sol chez Evguénia Guinzbourg et qui signalent que la température a atteint moins 50°, à partir de laquelle les zeks étaient dispensés de travail. J'avais toujours une pensée pour les minces pyjamas des déportés quand j'entassais sous-vêtements et chandails avant d'affronter l'aube hivernale. Comment peut-on survivre à de tels froids ? Me revenait la confidence de notre mère qui dans la maison de Campbon ne lésinait pas sur le fuel : je pourrais me passer de tout mais pas du chauffage, disait-elle. J'étais bien son fils.

En comparaison je m'étonnais de la résistance physique de P., du peu de cas qu'il semblait faire des intempéries, se contentant le plus souvent, si la température n'était pas trop basse, d'une surveste matelassée et d'une casquette de marin pêcheur bleu marine, ne consentant à enfiler des mitaines que lorsque nos doigts gelés ne répondaient plus à l'instant de rendre la monnaie. Peut-être la vitalité se concentre-t-elle mieux dans un petit corps, je crois qu'il n'était pas plus grand que ma mère qui annonçait un mètre cinquante – et même pas certain, mais plus de marques sur le chambranle de la porte de la cuisine, qui servait de toise à toute la famille du temps qu'elle était au complet, pour vérifier, ce qui m'est revenu, cette pratique de mon enfance, le jour où visitant la maison natale de Frédéric Bazille sur les bords du Lez près de Montpellier je découvris une succession de traits au crayon sur un encadrement où la plus haute marque était celle du grand Frédéric qui mesurait un mètre quatre-vingt-dix.

P. était en mesure d'enchaîner les nuits blanches et d'être malgré tout fidèle à son poste à l'ouverture du kiosque. À l'entendre raconter ses dérives nocturnes, toujours ponctuées selon ses dires d'incroyables rencontres scellées sur le zinc et accompagnées d'incalculables tournées, j'étais certain qu'à sa place j'aurais été conduit en réanimation aux urgences, dans un coma depuis longtemps dépassé. Lui, les traits creusés, les cernes noircis, la chevelure ébouriffée, la barbe se souvenant d'avoir trempé dans de grandes variétés de mousses, se félicitait de sa performance, estimant qu'au milieu de la nuit, plutôt que de rentrer et dormir deux heures, mieux valait continuer et faire la soudure avec les premiers cafés matinaux de la rue de Flandre, où il s'empressait de raconter ses exploits devant un énième demi au milieu des express précipitamment avalés sur le comptoir par des lève-tôt moins enclins à poursuivre la conversation. Alors il allait de son pas lent, une canette à la main, chantant d'autant plus fort qu'il croisait des familiers, ouvrir les lourdes portes du kiosque, au 101 de la rue de Flandre.

Du coup il était présent au moment d'accueillir les livreurs qui d'ordinaire chargeaient le kiosque par une trappe basse latérale, avant notre arrivée, ravi de cette bonne surprise qu'il leur faisait, leur entonnant son refrain anarchiste favori, les invitant à partager sa bouteille de bière, le tout en forçant sur son parler marseillais qu'il avait d'ordinaire plus nuancé, au point de passer alors pour un mauvais farceur pastichant la partie de cartes de *Marius*, bien qu'il eût réellement vécu quelques années dans la ville. C'était une manière, ce rappel un peu outré, de s'ancrer dans une enfance qui avait été bringuebalante et dont la parenthèse marseillaise avait été le seul point de stabilité. Auprès d'une grand-mère, je crois. Son père, un colosse, ce qui ne transparaissait pas dans sa progéniture, avait dynamité des rails et des ponts pour le compte de la Résistance, après quoi généralement on peine à s'accommoder de l'ordinaire des jours qui consiste à construire plutôt qu'à démolir, de sorte que sa mère avait dû le laisser quelques années à sa propre mère pour à la fois assurer le quotidien et payer les dettes de jeu de l'époux explosif, ce qui s'était conclu par une séparation.

Il avait beau feindre de mépriser le sport comme tous ceux de sa génération, ayant bien retenu qu'il était à l'égal de la religion l'opium du peuple, j'avais remarqué qu'il était parfaitement au courant des résultats de l'Olympique de Marseille. Pour les connaître il n'avait qu'à tendre le bras et ouvrir *L'Équipe*, mais c'est le genre de geste qui vous renvoyait à la collaboration de classe. Par chance il n'y avait pas grand monde à l'ouverture pour le prendre en flagrant délit. Et les premiers clients, souvent des agents d'entretien, n'étaient pas sensibles à ce genre d'arguments. Je me souviens de l'avoir entendu une fois, dans une conversation avec un tiers devant qui il ne courait aucun risque idéologique, évoquer les « minots », cette équipe de jeunes joueurs originaires de la région, ayant participé à la remontée du club en première division. L'événement n'était pas considérable au point d'ébrécher le mur sanitaire qui entourait l'actualité sportive, mais par ces « minots » sans doute s'autorisait-il à renouer avec le vocabulaire et le domaine de son enfance. Quand il adoptait cet accent, c'était toujours chez lui le signe d'une exubérance un peu forcée, l'annonce d'un esclandre prochain, une façon aussi d'inviter sans ménagement à la conversation, mais les livreurs apostrophés par le petit Raimu assyrien n'avaient pas de temps à perdre. Profitant de sa présence qui les dispensait d'enfourner les bacs de magazines dans le kiosque, ce qui était un exercice pénible pour eux, ils les empilaient sur le trottoir, jetaient les paquets de journaux ficelés par-dessus, et remontant prestement dans leur camionnette filaient vers le prochain point de vente en lui souhaitant une bonne journée, laissant P. hébété, sa canette à la main, devant sa montagne de papiers.

Selon son degré d'ébriété le rendement de la matinée s'en ressentait. Quand j'arrivais pour le relever vers treize heures, ces semaines où je prenais mon service l'après-midi, j'étais en mesure de reconstituer au premier coup d'œil, à l'état de rangement des journaux, le scénario de la nuit précédente. Au paroxysme de ses crises, la vision pouvait se révéler cataclysmique. Certains paquets gisaient encore non déballés devant le kiosque, des invendus jonchaient le trottoir, qu'il avait retirés sans ménagement des casiers et jetés à terre, certains bâillant pages ouvertes, d'autres piétinés par lui qui portaient la trace de ses chaussures de montagne, la confusion régnait entre les nouveautés et les retours sur les étals, provoquant un pêle-mêle de titres pour lesquels il convenait de vérifier la date de sortie inscrite en caractères minuscules sur la tranche avant de décider de sa destination, la mise en place ou le bac des invendus, et comme je commençais à procéder au tri, ce qu'il vivait comme une forme de reproche à son endroit quand il se flattait à juste titre d'être un champion de la profession, il me commandait de tenir la caisse et rien d'autre pendant qu'il s'occupait de finir le travail entamé, niant le chaos, me lançant cet argument qui ne sautait pas aux yeux : Jean, je maîtrise, le répétant encore et encore, Jean, je maîtrise, comme pour mieux s'en convaincre, ayant à certains moments du mal à soulever ses paupières tant le manque de sommeil se faisait aussi sentir, jugeant qu'il avait besoin alors de marquer une pause, entreprenant de bourrer sa pipe, sortant méticuleusement le tabac de sa blague en vieux cuir qu'il aurait pu tout aussi bien fumer tant elle était imprégnée de nicotine, le déposant brin par brin dans le fourneau, le tassant lentement avec son pouce ou avec une sorte de clé multiple en inox, comprenant une pique pour déboucher le tuyau, une spatule pour curer le fourneau et un petit disque au bout d'une tige pour tasser le tabac qu'il enflammait avec une allumette tirée d'une grosse boîte familiale qui gonflait la poche de sa veste, la maintenant jusqu'à ce qu'elle se consume entre ses doigts, ayant ce geste de la lâcher brusquement au moment où la flamme attaquait l'index, se délectant des longues bouffées grises qu'il envoyait sous le toit de plexiglas du kiosque, philosophant sur l'art de prendre son temps, entamant son petit couplet contre les cadences infernales, semblant donner des leçons de relaxation aux clients pressés qui tendaient leur monnaie préparée sur le chemin du kiosque tout en attrapant de l'autre main leur quotidien avant de filer vers la bouche du métro Crimée, me demandant si je n'irais pas lui chercher deux canettes, moi trouvant qu'on verrait plus tard, une fois le kiosque rangé.

T'inquiète Jean, je maîtrise, et il recommençait à s'agiter dans le désordre et d'apostropher les habitués, les prenant à témoin, pensaient-ils qu'il était ivre ? attendant la réponse d'un air de défi – il avait une manière bien à lui de toiser son interlocuteur de bas en haut, les yeux mi-clos et le menton levé – ses juges se gardant bien d'émettre le moindre commentaire de peur qu'il les rabroue, lui jurant que son état n'avait aucune conséquence sur l'accomplissement de son travail, qu'il maîtrisait, demandant à ceux dont il croisait le regard circonspect devant la montagne de journaux à terre, s'ils trouvaient quelque chose à redire, les uns et les autres évitant de piétiner la marchandise au sol convenant que non, bien sûr, il ne faisait pas de différence avec la veille, se dépêchant de régler leur achat, et il n'était pas dans l'intérêt de l'un d'eux de réclamer une revue dont il savait pertinemment que la date de sortie était prévue pour ce jour-ci en cherchant de lui-même son bien dans le fatras des magazines étalés, faute d'avoir eu une réponse précise à sa demande. Au mieux celui-là était invité à repasser. Et s'il insistait trop, il apprenait ce que la mouvance anarchiste pensait de sa lecture favorite. Et qui n'était pas flatteur. Comme la clientèle était composée d'habitués, les recalés n'en prenaient pas trop ombrage. Ils revenaient plus tard, une fois la tempête passée, ou, s'ils s'estimaient diffamés, poussaient un peu plus loin d'un côté ou de l'autre de la rue de Flandre où les maisons de la presse ne manquaient pas et on les revoyait, la semaine ou le mois suivant, comme si de rien n'était.

Car plutôt qu'à le blâmer on avait surtout à cœur de l'aider. Après la mort tragique de sa femme, tous avaient compris que c'était sa manière d'exprimer violemment son chagrin. Les fidèles du kiosque qui connaissaient son drame se montraient pleins de compréhension, et auraient vécu comme une trahison de l'abandonner à son désarroi, à sa solitude, attendant patiemment la fin de l'orage éthylique pour obtenir leur revue. Bien qu'il passât pour taciturne dès lors qu'il était à jeun, il n'était pas besoin de le prier beaucoup pour l'amener à se confier sur son drame, comme s'il n'attendait qu'un signal pour livrer le chamboulement de son esprit et tenter de mettre des mots sur l'impensable.

Un soir qu'il rentrait du kiosque, sa femme, qu'il aimait, gisait sur le trottoir, tombée de trois étages. J'ai entendu des dizaines de fois le récit de son arrivée dans cette rue de Clichy où ils avaient un logement, et non rue Blomet comme je l'ai prétendu longtemps, lui me détrompant des années plus tard, que j'avais retenue pour je ne sais quelle raison, où je passais en voisin en regardant les étages avec une pensée pour la femme tombée, confusion dont je n'ai jamais compris l'origine, peut-être à cause de Desnos qui y avait vécu, comme si j'avais inconsciemment associé le chagrin de P. au désespoir amoureux de « Robert le diable » écrivant pour Yvonne George le magnifique « J'ai tant rêvé de toi », à quoi je reconnais mon obsession ancienne du couple et de l'amour fou, le nom, Blomet, n'ayant aucun rapport avec cette rue de Clichy vers laquelle P. se dirigeait à la sortie de son travail et où il aperçut au loin un attroupement au pied d'un immeuble. Jamais je ne l'ai vu se presser, quand bien même il était en retard. Il arrivait de son pas lent de montagnard qui faisait de lui un redoutable marcheur, et c'est de ce même pas qu'il s'approchait d'un curieux rassemblement nocturne dans sa rue généralement déserte. Une longue rue depuis la bouche de métro. Progressant encore il s'aperçut que le petit groupe était massé au pied de son propre immeuble. De ce moment, disait-il, les mauvais pressentiments commencent à tourner en boucle, c'est comme une immense vague qui s'apprête à t'engloutir, et l'horreur en écartant la barrière des badauds de découvrir la raison de ce rassemblement : le corps disloqué de son amour.

Dans un flot verbal, il se repassait les images du drame, essayant de comprendre ce qui avait pu se passer, émettant l'hypothèse d'un accident, sa belle grande femme qui avait deux têtes de plus que lui se penchant un peu trop à la fenêtre pour guetter son retour et basculant dans le vide par-dessus la grille basse, et quand il tentait de me prouver la véracité de son hypothèse son petit corps à lui se courbait pour essayer de suivre son épouse dans sa chute fatale. D'autres fois il s'accrochait à la version d'un psychiatre qui avait évoqué devant lui une possible « bouffée délirante », c'est-à-dire un état annoncé par rien, surgissant brutalement, et poussant à un geste de dément. Je l'entendis même avancer qu'elle aurait pu être victime de l'agression d'un rôdeur, mais comme la porte n'avait pas été fracturée, ça l'amenait à envisager qu'elle aurait ouvert à un autre que lui et il abandonnait cette piste. Mais tous ces scénarios n'étaient qu'une façon pour lui de souffler, un répit qu'il se donnait avant de se poser la terrifiante question du pourquoi. Qu'avait-il fait, pas fait, que n'avait-il vu ? Qu'aurait-il dû ? Revenant inlassablement sur les jours qui avaient précédé, se rappelant les derniers mots échangés, essayant d'y déceler un signal alarmant. Mais non, pas de quoi s'inquiéter, des paroles d'usage, un baiser échangé sur le pas de la porte, à l'aube, au moment de se quitter. Il lui accordait une certaine lassitude de la situation, sa femme trouvant long le temps après qu'elle avait renoncé elle-même à tenir avec lui le kiosque, ce qui, en se relayant, les privait d'être ensemble, ce qui aurait expliqué, leurs vies décalées, ce corps trop penché qui s'impatiente d'apercevoir la petite silhouette de P. débouchant au coin de la rue, et aussitôt se reprochant d'avoir tardé à rentrer, croyant que pour un métro dont le temps d'attente eût été plus court sa femme serait encore en vie, et puis, passé les quelques secondes où il semblait s'être allégé du soupçon de sa culpabilité, le doute le reprenait, il fouillait sa mémoire, se souvenait de véritables phases d'abattement, mais pas au point de se jeter, alors pourquoi ce soir-là ?

Il admettait qu'elle pouvait à l'occasion se sentir seule, ayant plus ou moins rompu avec sa famille pour le suivre dix ans plus tôt dans les montagnes d'Ariège et y partager la vie des marginaux quand elle venait de la bourgeoisie aisée, guindée, et je n'avais pas de peine à imaginer, si jamais la chose se produisit, la stupeur des parents à qui leur fille présentait son fiancé libertaire dans le grand salon meublé Louis XV. Mais ils s'entendaient bien, s'aimaient, et comme elle avait manifesté depuis longtemps un désir de création, profitant de son temps libre, elle s'était depuis peu lancée. La peinture peut-être. À quoi il l'avait encouragée, ayant lui-même un intérêt pour la photographie comme beaucoup de soixante-huitards qui y voyaient une restitution révolutionnaire du monde et un moyen commode de se prêter un talent qui revenait le plus souvent à l'appareil. Il soulevait encore la possibilité d'un malaise, d'un verre de trop, de la prise d'un somnifère, semblant cocher les cases imaginaires d'une enquête sur le suicide dans l'espoir, après avoir établi le bilan des pour et des contre, de découvrir enfin la réponse à sa taraudante question, mais à l'heure du bilan il était toujours sur le quai à attendre ce métro qui tardait à déboucher du tunnel, et tout recommençait à tourner du moulin infernal de ses noires pensées.

À mesure que s'éloignait son chagrin les nuits arrosées s'espacèrent. Une de-ci de-là, histoire de décompenser des six jours de travail par semaine. Mais au plus fort de la crise on aurait pu craindre qu'il ne survécût à son amour défunt tant il mettait d'acharnement à se détruire. Son état alimentait les conversations du kiosque. Les fidèles s'alarmaient. D'autres, s'estimant maltraités, ou simplement agacés par le psychodrame qui se jouait sous leurs yeux, en profitèrent pour s'adresser ailleurs. Mais ils revinrent, tant on se lasse de se détourner du chemin qui mène au plus court de chez soi au métro. Un petit matin pressé, on trouve embarrassante sa résolution de ne plus mettre les pieds ici, et on renoue prudemment en évitant de part et d'autre le moindre commentaire sur les raisons de ce boycott momentané. Le jour qui suit, après une série de variations sur le temps, tout est oublié et on est heureux de replonger dans ce petit bain d'humanité.

À tous les commentaires désagréables sur la supposée indifférence des Parisiens, je n'oublie jamais d'opposer ce soutien indéfectible des habitués qui avaient accepté en connaissance de cause d'être plus ou moins bien traités selon l'humeur du marchand. Ce qui était une preuve de générosité mais aussi d'intérêt pour le curieux petit homme à la barbe roussie par le fourneau de sa pipe. Il ne ressemblait évidemment pas à l'idée qu'on se fait d'une vie rangée, surtout pour des gens dont on connaissait les allers et retours réglés comme du papier à musique encadrant une journée de bureau, leurs habitudes comme de passer chez le boulanger en rentrant du travail, leurs rituels de lecture lesquels, quand bien même on aurait oublié le jour de la semaine, ce qui est impossible pour un marchand de journaux, nous rappelaient que nous étions le jeudi où paraissait un magazine favori, qu'ils ne manquaient que pour cause de vacances ou dc maladic.

Sa veste de drap noir en coton robuste qu'il achetait dans un magasin réservé aux vêtements professionnels, peut-être aussi parce qu'il n'y avait que là qu'il trouvait sa taille, au rayon apprentis, sans avoir à passer par l'étage enfants des grands magasins, mais par laquelle il se rangeait ostensiblement du côté des travailleurs, sa mise assyrienne, barbe et cheveux longs, qui étaient alors l'étendard de la révolte, sa pipe légendaire qui l'entourait d'un halo de fumée grise et le renvoyait au temps de Verlaine, ses propos truffés d'un vocabulaire politique et sociologique qui résultait de son passage à l'université de Vincennes et dans les cellules de la Fédération anarchiste, propos d'autant plus virulents qu'il était éméché, ses frasques publiques avinées, tout en lui correspondait à la figure du marginal telle que l'imaginaire de l'époque la concevait, à la limite de la cloche, qui se différenciait des scènes traditionnelles de la vie de bohème par une dimension politique affichée, à l'extrême gauche bien sûr, et qu'il entretenait par ses souvenirs d'Ariège.

Il gardait la nostalgie de ces années où il avait vécu dans les montagnes avec sa compagne. Le département était devenu avec la Lozère et l'Ardèche le point de chute de ces soixante-huitards utopistes désireux de rompre avec le système, son mode brutal d'exploitation, sa frénésie de consommation, prônant un retour à une vie frugale au contact d'une nature prétendument nourricière, au troc, à l'esprit d'entraide, et qui avaient trouvé en ces lieux autrefois surpeuplés et vidés par l'exode rural, des habitations bon marché, réaménageant et retapant des granges, des fermes, des villages entiers parfois. Sans toujours s'en référer au notaire ou au cadastre. J'ai oublié de quoi avaient vécu

P. et sa compagne, mais certainement pas du fromage de brebis ou de l'artisanat du cuir. P., qui avait suivi des études de sociologie, n'avait aucun sens manuel en dehors de son art du rangement, appelant au secours quand il s'agissait de planter un clou. Plus vraisemblablement d'un héritage, mais celui-ci épuisé les avait contraints à remonter à Paris où P. avait du temps de ses études déjà travaillé dans un kiosque.

Après la mort tragique de sa compagne il lui avait fallu des années avant de se résoudre à vendre leur maison ariégeoise où il n'allait plus, dont une amie sur place s'occupait, envoyant de loin en loin des nouvelles des rats, des souris, des araignées, des loirs et des musaraignes qui la squattaient. La vendre, c'était comme enterrer une seconde fois son amour. N'ayant pas renoncé à sa rêverie d'une vie retirée, son intérêt s'était reporté sur une propriété familiale en Bourgogne dont il finirait bien par hériter, étant le dernier de la lignée. Le nom du lieu-dit revenait souvent dans nos conversations quand il s'interrogeait à voix haute sur son usage futur. Il m'a suffi de le taper sur un service de cartographie en ligne pour être transporté sur une petite route de campagne entre Montceau-les-Mines et Chalon-sur-Saône, de la suivre et j'ai reconnu les bâtiments dont il me montrait régulièrement les photos. Mais le lieu n'avait pas pour lui les mêmes charmes que ses montagnes d'Ariège. Il envisageait bien quelquefois de s'y installer un jour mais l'horizon de la retraite était encore lointain, et la perspective de vivre seul au milieu de nulle part ne paraissait pas l'enchanter. D'autant qu'il était fondamentalement un citadin, ce dont témoignait, quand je travaillais avec lui, sa pratique des bars. Il avait ce don d'entrer dans n'importe quel café et au bout de quelques minutes d'engager la conversation avec n'importe quel buveur accoudé au comptoir. Ensuite, et selon les affinités, ils étaient amis pour la vie ou juste le temps de remettre ça, ça qui est un autre verre, puis un autre, et un autre encore. Je ne le voyais pas renoncer à cette vie et s'abîmer dans la contemplation solitaire de son potager.

Si l'on considère que le kiosque évoque un théâtre de marionnettes – d'ailleurs les enfants le percevaient ainsi qui, s'éloignant, ne pouvaient s'empêcher de se retourner encore une fois, et de demander à leurs parents, pensant ne pas être entendus, mais par où il rentre le monsieur ? ou bien, c'est sa maison ? ou bien, c'est le père Noël ? –, il en était le héros récurrent, d'où ne dépassaient que la tête, le haut du corps et les bras derrière ses piles de magazines. Avec son vieil ami, le peintre maudit, grâce auquel il était entré dans la profession et qui nous mit en relation, il assurait un spectacle permanent où la place s'acquittait en achat de quotidiens et de revues, et même pas pour certains qui venaient simplement bavarder avec les vendeurs, en oubliant que nous n'avions pas toujours que ça, la conversation, à faire, et repartaient une heure plus tard, les mains dans les poches, heureux de ce bon moment passé, ou vexés qu'on leur ait signifié que le travail attendait.

Il faut croire que l'affiche plaisait, qui mettait de la fantaisie et une touche d'insolite dans un quartier que dominait la froideur des tours et des immeubles bâtis à dévers des Orgues de Flandre, aux rues qui se vidaient tôt le soir après que les uns et les autres avaient regagné leurs domiciles, et qui n'étaient pas réputées pour leur sécurité en raison des trafics de drogue autour de la place Stalingrad. J'ai figuré sur cette affiche comme doublure pendant sept années, ayant choisi ce retrait volontaire de la vie sociale pour préparer mon grand bond en avant poétique. Sept années qui m'apparaissent aujourd'hui comme la traversée d'un gué, mais dont j'ignorais alors si j'atteindrais jamais, de pierre d'âge en pierre d'âge, l'autre rive, le saut d'une pierre à l'autre se révélant de plus en plus pénible, de plus en plus incertain à mesure que le temps passait, s'allégeant à chaque fois d'une part d'espérance et s'alourdissant en proportion inverse d'un sentiment de vanité qui finissait par tout envahir. Notre théâtricule aurait été un merveilleux lieu de vie si je n'avais craint qu'il ne débouchât sur rien d'autre que le naufrage de mes illusions.

Dans l'article qui lui était consacré P. annonçait sa retraite pour la fin de l'année, comme pressé d'en finir, ce qui expliquait peut-être aussi sa liberté de ton et de propos. Ce dernier combat, il ne le menait donc pas pour lui, bientôt il ne le concernerait plus, mais je comprenais qu'il n'eût pas envie de voir disparaître ce qui avait grignoté, jour après jour, quarante années de son compte de vie. C'est le lot commun, en se retournant, de contempler un passé de ruines, mais il est des édifices qui perdurent plus que d'autres, dont on peut s'attribuer telle pierre toujours debout, ce qui peut apporter une forme de consolation, ceci témoigne que mon passage n'aura pas été qu'une simple ride à la surface de l'eau, au lieu que le kiosque de la rue de Flandre, par exemple, qui aura été le centre de son existence pendant plus de dix ans, au point d'y passer bien plus de temps que chez lui, a été démonté. Même la dalle de béton qui le supportait a disparu. Je pourrais montrer un emplacement sur le trottoir, en me fiant à la vitrine du marchand de meubles qui a changé elle aussi, remplacée par une boutique d'optique, et dire c'était là, et on ne verrait qu'un pavage récent, nulle trace d'une ancienne installation, obligé de lever les yeux pour configurer dans l'air la structure imaginaire de notre petit théâtre. S'appuyant sur son inexistence il se trouvera bien quelqu'un pour prétendre qu'il est une invention de l'auteur, comme il s'en est trouvé pour assurer que je n'y avais jamais travaillé. Un enquêteur se rendra sur place, constatera qu'il n'y a ni édicule ni magasin de meubles au 101, que la rue de Flandre est d'ailleurs une avenue, et triomphant annoncera, preuves photographiques à l'appui, que le marchand de journaux est une fiction. Alors je rassure tout de suite notre enquêteur, qu'il ne prenne pas la peine d'embarquer sur la ligne 7 jusqu'à la station Riquet, notre kiosque n'existe plus que dans ces lignes.

On peut néanmoins le retrouver, s'il s'agit bien du même, au coin de la rue Mathis, entre la pharmacie et la bouche du métro Crimée, déménagé comme on déplace une fontaine dont on n'a plus vraiment usage, moins pour sa fonction – on ne compte plus sur elle pour se désaltérer – que comme une sorte de jalon temporel dans l'évolution de la cité, de marqueur d'époque, c'est ainsi que l'on conserve à quelques endroits de Paris ce mince filet d'eau s'écoulant entre quatre cariatides de bronze, et ces kiosques à musique au toit de cuivre haut perchés sur huit colonnes et sous lesquels aucune fanfare militaire n'officie plus, ou encore dans les couloirs du métro ces plans indicateurs dont il ne demeure que trois ou quatre exemplaires originaux où, après avoir pressé sur un clavier les deux boutons correspondant aux stations de départ et d'arrivée, se dessine en traits lumineux de différentes couleurs selon les lignes le trajet à emprunter pour joindre l'une à l'autre. Ce qui me rappelle un jeu de notre enfance, destiné à tester nos connaissances encyclopédiques, qui tenait dans une boîte dissimulant sous divers cartons thématiques (sciences naturelles, littérature, géographie, histoire, etc.) un entrelacs de fils électriques. Nous devions poser une fiche sur la question et l'autre sur la supposée réponse parmi une dizaine de propositions, laquelle, si elle était juste, voyait une petite ampoule ronde de lampe de poche s'allumer au lieu que dans le cas contraire rien ne se passait (à présent qu'on a besoin de souligner les effets, à force d'être dans la surenchère du rien qui ne suffit pas à soulever l'enthousiasme, j'imagine qu'une bonne réponse déclencherait une bronca et des gerbes d'étincelles et une mauvaise une déflagration atomique).

Il est difficile aujourd'hui de se figurer les enjeux qui ont préludé à la naissance de « notre » kiosque, aujourd'hui étant le temps de l'écriture, soit plus de trente ans après son édification, et «notre» parce que nous avions hérité d'un spécimen dont tous les autres n'étaient que la copie. Ils ne sont plus si nombreux de ce type, tous atteints prématurément par l'usure, et que l'on remplace, non par de semblables, ce qui démontre qu'ils n'ont jamais réussi à s'intégrer dans l'univers de la ville, mais par des modèles traditionnels, montmartrois, couleur de banc public, surmontés d'un dôme hexagonal en zinc, la bordure du toit festonnée, renouant délibérément avec l'inspiration Belle Époque contre laquelle précisément le nôtre avait été conçu. Ce qui traduit une vraie volte-face des temps et un revers idéologique pour la modernité, comme si on avait attendu le moment de pouvoir enfin, et sans conséquence pour le qu'en-dira-t-on des commissaires de la pensée, se décharger du lourd fardeau de l'avenir et se retourner vers les douceurs mieux connues du passé, sorte d'étiage naturel à quoi la société aurait secrètement aspiré.

On peut même se demander si ce retour au kiosque montmartrois ne serait pas une façon ironique de dire que la presse en a fini avec l'actualité, qu'elle n'a plus rien à nous apprendre que sa propre histoire, celle où elle tenait le haut du pavé et tirait le monde, l'annonçait à grands cris, le dénonçait à gros titres, et qu'ayant perdu son pouvoir d'accompagner et de façonner les esprits, elle n'était plus dorénavant qu'un élément de décor au même titre que les colonnes Morris et ces anciennes réclames peintes sur les pignons des immeubles dont les couleurs passent avec le temps. Pour en juger il suffit de se planter devant l'ancien kiosque, le nôtre, et devant le nouveau aux allures de fac-similé. C'est le prétendument moderne, du moins le pensé comme tel, le nôtre, qui paraît vieillot, obsolète, et non le « montmartrois » qui semble être là de toute éternité, comme une religion antique, indéboulonnable, resurgie indemne des procès en sorcellerie et des attaques de la science et de la raison. Le nôtre ressemble à une petite friche industrielle désormais. La structure tubulaire a perdu de sa brillance et les plaques de plexiglas qui l'habillent se sont ternies, prenant un aspect grisâtre et poussiéreux.

Pour peu qu'on se penche sur la table à dessin de ses concepteurs, on déchiffre sans peine la volonté de l'époque de rompre avec cette imagerie parisienne que les Américains reconstruisent de film en film et où on ne manque jamais de croiser un petit homme court sur pattes, avec barbiche et lorgnons, cognant sur les pavés de Montmartre sa courte canne, dissimulant dans sa poignée une fiole d'alcool, et à qui le marchand de journaux, penché par-dessus son étal, rend la monnaie en disant : et dix qui font cent, monsieur Toulouse-Lautrec. De sorte que l'identité du petit homme ne laisse plus aucun doute, et le spectateur à ce moment se rengorge d'avoir vu juste. Comme si la nostalgie était de leur côté, aux Américains, qu'ils veillaient à ce qu'on la conserve intacte dans la perspective d'un éventuel retour après cette incartade outre-Atlantique, comme s'ils ménageaient leurs arrières, pressentant qu'il leur faudrait bientôt renoncer à leur rêve de suprématie et que, ayant fait leur temps, c'est-à-dire écrit un chapitre de l'histoire du monde lequel est passé au suivant, toutes leurs cartes retournées et plus aucune dans la manche, n'ayant plus rien à faire ici sur ce territoire d'emprunt, ils se préparaient à rentrer à la maison, à rejoindre le rang des vieilles gloires aux côtés des ex-empires de France et d'Angleterre, comme les anciens joueurs de tennis accueillent dans le semi-anonymat de leurs tournois de vétérans celui qui les avait chassés du haut des classements, devenu à présent comme eux, « has been », même avec quelques années de moins, dès lors que son jeu défaillant l'a exclu du halo de lumière. Mais d'ici cette mise à la retraite et le retour au bercail, que rien ne change. On demande aux domestiques restés sur place d'entretenir l'antique demeure. Gardez-nous le mobilier en l'état, nous tenons à le retrouver tel que nous l'avons quitté. Comme Sean Thornton dans *L'Homme tranquille*, récupérant inchangée la maison à toit de chaume et aux murs blanchis à la chaux de son Connemara natal après avoir goûté à l'acier de Pittsburgh et assommé mortellement d'un poing de fonte son adversaire sur un ring américain. Les kiosques montmartrois sont la maison à toit de chaume de Sean Thornton. Et quand il n'y a pas de distance géographique à parcourir pour ce voyage de retour, le voyage se fait de chez soi au chez-soi de jadis. Pas d'autre solution que de remonter le cours du temps. Comme nul n'a la recette pour voyager plus vite que la lumière et atterrir cent ans en arrière, il reste à ramener le temps à soi. Par la force de la poésie – un monde disparu contenu dans une madeleine – ou comment en important jusqu'à nous le kiosque montmartrois où se fournissait Toulouse-Lautrec, le temps vaut pour l'espace.

Concernant le nôtre, de kiosque, le vieux moderne, on n'a aucun mal à identifier dans l'esprit de ses inventeurs le leitmotiv obsessionnel du XXe siècle, de l'acte créateur ne se concevant qu'en rupture avec les formes d'expression héritées de la tradition. On discerne immédiatement que la motivation première est d'en finir avec ce temps arrêté au cadran de la nostalgie européenne, où se rejoignent dans la même boutique aux souvenirs attendris la chaumière irlandaise, la gondole vénitienne, l'édicule parisien, les taxis londoniens et les valses de Vienne. On peut même entendre leur indignation, aux inventeurs, leur refus catégorique de se laisser confiner dans un rôle de maintenance du patrimoine pour les futurs retraités éjectés de cette course à élimination du monde. On les voit en réaction déployer l'étendard de la création contemporaine à la seule fin de démontrer qu'ils sont en phase avec leur temps, que Paris sera ce qu'ils en feront, et certainement pas Bruges-la-Morte. Qu'on ne compte pas sur eux pour saupoudrer d'une naphtaline neigeuse les toits du quartier Latin et rependre indéfiniment Nerval à sa grille de la rue de la Vieille-Lanterne.

Mais cette façon pataude de projeter l'architecture de la ville dans le futur, voilà qui nous ramène plutôt à Bibi Fricotin qui, quand j'étais enfant et que l'an 2000 était cet horizon inatteignable tant il semblait impossible de parvenir jamais à combler un tel abîme de temps, l'imaginait avec des maisons volantes, des piétons dans l'espace propulsés par des réacteurs sanglés aux épaules, des robots fonctionnant avec des ampoules électriques à filament, des chiens mécaniques, de sorte que, comme pour Bibi Fricotin, ce qu'on lit surtout dans « notre » kiosque, c'est la marque un peu surannée maintenant d'une certaine idée de la modernité, une démonstration appliquée par quoi l'on devrait comprendre que le pays se situait toujours à la pointe du progrès, qu'il continuait, comme autrefois, à aller de l'avant. Pas du tout dépassé par les événements d'un siècle qui l'aurait renvoyé à ses études désuètes, pas du tout lesté par le legs de son histoire, si bien qu'on peut voir aussi dans ces kiosques tubulaires habillés de plexiglas, caricatures d'une certaine idée de la modernité, un témoignage de peur. Peur de n'être plus dans la course, peur de lâcher prise, une marque de fatigue, une perte de confiance en son avenir, une tentative de mettre ses vieux oripeaux au goût du jour, une mise à jour en catastrophe, en somme.

Ces Beaubourg miniaturisés sur les trottoirs pour faire oublier le poids de l'histoire, on peut encore y lire en filigrane l'obsession larmoyante d'être de son temps. On comprend dès lors que ce n'est pas innocemment qu'ils abritent les nouvelles du monde. La presse, c'est actuel, ça urge, ça avance avec le temps, ça oublie la veille pour le lendemain, ça se jette une fois parcourue du regard, il n'y a pas si longtemps, ça enveloppait même les poissons morts. Comme si on attendait de l'actualité, de l'obsession effrénée de l'actualité, qu'elle nous détourne de la tentation douce et résignée du passé.

Le centre Beaubourg qui, au moment de sa construction, avait fait hurler la Réaction, ce qui constituait un label irréfutable de qualité et de vérité pour les Modernes, représentait alors la pointe de ce volontarisme esthétique. Il avait donné le *la* à cet ébranlement du vieux pays encore secoué par les séismes des deux guerres. Ce qui était d'autant plus curieux que son architecture, inspirée des raffineries et des grands complexes sidérurgiques, disait en soi que le temps de l'industrie était fini, désormais muséifié aux côtés des arts et traditions populaires, qu'il avait dès lors sa place dans le Paris ancien auprès de l'église Saint-Eustache où avait été baptisé le petit Jean-Baptiste Poquelin et enterrée Anna-Maria, la mère de Mozart. Or une église gothique, même si celle-ci, tardive, emprunte à d'autres influences, a cette particularité, comme Beaubourg, d'exposer à l'extérieur, de ne pas chercher à les camoufler, les artifices techniques, contreforts et arcs-boutants, qui lui permettent de s'élever, et aux murs de ne pas s'écarter, rôle joué ici par les gigantesques tuyauteries exposées en façade assurant le bon fonctionnement interne de l'édifice. Sur ce plan, Saint-Eustache et Beaubourg sont construits en miroir. Ce qui dit aussi que ce kiosque tubulaire à l'image du centre d'art contemporain s'inscrivait dans la fin de quelque chose qui serait bientôt la fin du journal, lequel aura accompagné la révolution industrielle, participé à son désir de changer le monde, et disparu avec elle. La modernité n'est plus. Ce dont témoignait dans son « portrait » à la dernière page du quotidien mon vieil ami à la barbe assyrienne.

Si on peut deviner l'ombre portée de Beaubourg sur la planche à dessin des inventeurs, notre kiosque, avec son armature tubulaire et son assemblage de bras en inox brossé reliant des boules comme des noyaux entre elles, empruntait aussi à l'Atomium de Bruxelles, lequel avait été conçu pour l'exposition universelle de 1958, ce qui rend plus désuète encore sa conception. On peut même présumer que c'est l'Atomium qui a inspiré notre *Bibi Fricotin en l'an 2000*, tant il se présentait comme le manifeste idolâtre de la pensée scientifique, l'étape prochaine de la civilisation qui allait nous débarrasser de nos vies de rustres primitifs, ce que le petit garçon aux cheveux de paille et au sourire narquois créé par Forton, toujours partant pour une nouvelle aventure, avait traduit à sa façon, se rêvant en piéton de l'espace comme un nouvel Icare technologique.

Si l'Atomium reprend à grande échelle la structure de l'atome de carbone, ou d'uranium, ou ce genre de trouvaille qui coûta quelques doigts à Marie Curie plus quelques vies japonaises et dont le monde s'enorgueillit, dans le cas de notre kiosque dont la configuration est beaucoup plus complexe on hésite à nommer la structure atomique ou moléculaire dont il s'inspire. Pas certain qu'on en croise de semblables dans la nature. Sans doute une molécule de synthèse. L'allure générale relève plutôt du cristal de roche : toit assemblé de plaques triangulaires ou trapézoïdales en plexiglas, auvent en accent circonflexe comme une visière roboïde, vitrines en forme de pyramides rectangulaires tronquées, double porte-vitrine à deux battants se repliant à l'ouverture comme les panneaux d'un paravent. On perçoit instantanément l'option futuriste des inventeurs, un geste architectural, un manifeste, la volonté de s'inscrire dans le paysage urbain du prochain millénaire, quitte à oublier au passage la fonction première de l'édicule, savoir un placard bourré d'étagères et de casiers pour ranger les magazines et une ouverture pour récupérer la monnaie, données élémentaires qui devaient figurer dans le cahier des charges mais dont on pressent qu'elles constituèrent une gêne pour nos génies créateurs qui n'allaient pas se laisser influencer par des considérations aussi triviales et à leurs yeux vraisemblablement réactionnaires.

Comme nous pestions régulièrement sur l'incommodité de notre habitacle, nous apprîmes avec étonnement que les concepteurs avaient planché dix ans sur le projet, dix ans pour n'avoir ni place, ni chauffage, ni toilettes, dix ans, soit presque autant que pour le Concorde qui lui, hormis la place, ce n'était qu'un étroit cylindre, possédait tout de même les commodités nécessaires à une traversée, laquelle ne durait que trois heures au lieu que nous étions enfermés pour au moins une demi-journée, et à mes débuts, rue de Flandre, remplaçant aléatoire, il m'arrivait de faire des journées complètes de six heures du matin à huit heures du soir. Autant dire qu'au moment où l'on implantait le premier kiosque de ce type, le nôtre, non par favoritisme ou passe-droit, mais parce que l'atelier de montage se situait à deux pas, rue Duvergier (vous traversez la rue de Flandre et ses contre-allées, en faisant bien attention, ça circule dans tous les sens, et vous y êtes), il était, comme le Concorde lors de sa mise en service, déjà dépassé, d'emblée trop exigu face à l'inflation des titres.

C'est même en raison de cette proximité et de son inadaptation à l'évolution de la presse, que régulièrement des ingénieurs venaient prendre des mesures de notre kiosque pilote, palabrant longuement le mètre à la main, comme s'ils avaient des doutes sur le geste premier d'où était sortie notre molécule de synthèse. Ils n'en finissaient pas de relever des cotes qu'ils notaient sur des cahiers où était reproduit l'écorché de notre cabanon dernier cri.

Peut-être dans l'intention de rajouter quelques centimètres au prochain modèle, en quoi nous étions d'accord, mais personne ne nous demandait notre avis, les ingénieurs agissant avec nous comme ces mandarins investissant une chambre d'hôpital et discutant du cas préoccupant de l'alité sous son nez. Pourtant notre cahier de doléances se remplissait à mesure que nous étions mieux à même de profiter de notre guérite de luxe et d'en expérimenter les limites. Elle se transformait d'année en année en un entrepôt multimédia, où les superhéros commençaient de sortir en trois dimensions des pages de magazines outrageusement bariolées, ce qui était bien sûr inconcevable dix ans plus tôt où on en était à saluer comme le paroxysme de l'innovation l'adjonction d'une seconde chaîne à la télévision d'État. Mais il avait été suffisamment difficile à P. d'obtenir sa première titularisation, on n'allait pas faire la fine bouche, pas question de se plaindre, et surtout pas de l'absence de chauffage et de sanitaires, deux options un moment envisagées puis rejetées, sans doute après une enquête ayant établi qu'un vrai marchand de journaux ne craint pas le froid, n'a pas soif, pas de besoins, un peu comme ces soldats qui montent la garde devant le Kremlin et qu'on relève congelés.

L'intérieur du kiosque confirmait l'option spartiate et futuriste de ses inventeurs, lesquels avaient privilégié la station debout et développé leur concept autour de cette unique position, négligeant qu'un marchand de journaux pût également éprouver le besoin de s'asseoir. Un atèle y eût été à son affaire, dont les longs bras lui eussent permis sans bouger de se saisir de toutes les revues qui nous environnaient. Elles s'entassaient dans des casiers inclinés sur quatre ou cinq niveaux, qui gonflaient comme des arcs à mesure que nous rajoutions des nouveautés, s'empilaient sur la tablette et les étagères qui garnissaient la partie basse de notre éventaire. Aucun coin n'était délaissé, aucune possibilité d'aménagement. Nous avions ainsi rajouté dans les très hauts une longue planche qui reposait sur les tubes supportant le toit de plexiglas. En été, on aurait été en mesure de cuire un œuf sur les revues qu'on y déposait tant leurs couvertures étaient brûlantes.

L'habitacle relevait de la capsule spatiale, l'apesanteur en moins, en quoi les mêmes inventeurs firent preuve de bon sens, trois mille revues flottant dans un si petit espace, il n'eût pas été commode de répondre à la demande de l'amateur de trains miniatures, de pêche à la mouche ou de cuisine des Açores qui attendait fébrilement, mensuellement, son magazine. Pour se saisir du bon numéro nous nous transformions en cosmonautes, dans leur habitacle réduit toujours à se contorsionner, pivoter, s'agripper, pour se hisser jusqu'à la revue rare placée tout en haut, plonger dans le tréfonds sous les piles des catalogues de vente par correspondance, épais comme des annuaires, dont par manque de place nous stockions une grande partie chez le marchand de meubles d'en face, qu'il logeait dans ses commodes et ses armoires exposées dans le magasin, à l'étonnement des clients qui ouvrant une porte ou un tiroir s'imaginaient chez un dépositaire de La Redoute et des Trois Suisses, veillant à ne passer trop de temps en apnée, à remonter de temps en temps à la surface, non par crainte de manquer d'air, quoique un peu, mais pour s'assurer après avoir entendu une petite toux peut-être destinée à manifester une présence qu'aucun client ne s'impatiente, ou pour prendre sur le fait un voleur à la tire, ou retirer des mains du notaire la revue pornographique que profitant de notre disparition il a entrepris avidement de feuilleter.

Apercevant notre tête cramoisie, le passionné s'inquiète, persuadé que la moitié du quartier convoite sa revue fétiche, s'est déjà arraché notre seul exemplaire, c'est pourquoi nous le rassurons immédiatement, l'informant l'avoir repérée entre un fanzine sur l'élevage des coccinelles et la dernière bulle papale en bande dessinée, réclamant encore une petite seconde, replongeant dans cette fosse marine d'encre sèche avant de resurgir, triomphant, l'incunable en main, un magazine sur la face cachée de la lune, dont nous ne pouvons nous empêcher de lire au passage le gros titre :

« Des bases secrètes à l'abri des télescopes pour envahir la Terre », regrettant de ne pouvoir lire l'article en son entier car l'exemplaire est unique, nous promettant d'être plus vigilant la prochaine fois, dès que le prochain numéro sortira, qui certainement nous en apprendra davantage sur la menace fantôme.

En même temps que notre kiosque, toujours avec cette idée affirmée d'imposer une cure de jouvence à la Ville-Lumière, un peu moins lumineuse avec le temps, dont le centre Beaubourg représentait la clé en tête de portée, comme par l'effet d'une sorte de pandémie de modernité tardive, on élevait dans la cour Napoléon une pyramide de verre et de métal. Le Louvre était déjà momifié par un musée, ce qui avait été pour les révolutionnaires de 1793 une façon d'enterrer l'Ancien Régime, et même de l'enterrer en beauté, mais il était entendu que cet enterrement symbolique de première classe ne valait pas pour les temps de Progrès qui avaient suivi. Le Progrès est nécessairement infini, comme ces serments d'amour, plus qu'hier et bien moins que demain, par quoi on se dit que c'est un peu bête d'en garder sous le pied en prévision des jours à venir, qu'aujourd'hui mériterait tout autant sa dose d'amour absolu. Mais cette fois il n'y avait plus de place pour le doute, la pyramide érigée au cœur névralgique du pays, d'où étaient partis les lettres de cachet, les arbitres de l'élégance et les révolutions, figurait bien le tombeau de la France en Khéops ou Ramsès II avec ses rêves de grandeur et ses leçons données au monde, pyramide posée comme sur une dalle mortuaire un bouquet d'immortelles sous sa cloche de verre.

Longtemps le pays s'était flatté de tenir dans ses mains le salut de l'humanité, se racontant que pour cette raison l'humanité n'avait d'yeux que pour lui. Ce qui longtemps fut vrai. Un bas-relief du pavillon de Flore sculpté par Carpeaux s'intitule « La France impériale portant la lumière dans le monde et protégeant les Sciences, l'Agriculture et l'Industrie ». Ce qui correspond exactement au programme des colonisateurs, l'extermination des populations conquises étant en option, selon les réticences des autochtones à cette transfusion de civilisation. Ce qui signifie qu'en 1864 on y croyait encore à cette France rayonnante. Difficile ensuite, ce travail de propagande ayant infusé en profondeur les esprits, de se convaincre que désormais les phalènes se détournaient vers d'autres phares.

La construction de la pyramide avait été un des grands sujets de débat au kiosque, lequel était une chambre d'écho des controverses qui agitaient le pays. Lors d'un changement de gouvernement suite à des élections législatives perdues par les socialistes au pouvoir, le projet controversé de la pyramide avait été remis en question. Le nouveau ministre de l'Économie, un prélat de la nouvelle Église libérale aux manières onctueuses d'Ancien Régime – ce qui disait mieux que tout discours qu'on en avait fini avec ce vieux rêve d'une humanité libérée et unie –, refusait de déménager son ministère qui occupait l'aile Richelieu du Louvre qu'il était prévu dans les plans du futur musée de rendre aux prestigieuses collections dont une grande partie, faute de place, dormait dans les caves. Lui entendait bien profiter depuis ses fenêtres d'une cour Napoléon dégagée de ce prisme de verre déformant le bel ordonnancement des façades.

Le projet suspendu sur son seul caprice, pour dénouer les fils de la crise on procéda à un simulacre d'exécution du grand œuvre afin que les Parisiens puissent juger sur pièces de l'effet produit. On imagina de tendre quatre câbles se rejoignant à l'apex de la base carrée et configurant dans l'air le volume de la pyramide. Ce qui ressemblait à une variante, grandeur nature et sans les mains, de ce jeu ancien de la ficelle qui permet de créer entre ses doigts toutes sortes de figures. On n'attendait évidemment pas de la sanction publique, quand bien même elle se fût prononcée à l'unanimité dans un sens ou dans l'autre, qu'elle oriente la décision définitive, mais à simulacre d'exécution, simulacre de démocratie.

Au kiosque on se posait la question d'aller vérifier sur place. Ce qui, de la rue de Flandre, représentait une expédition, pas le même quartier, pas le même monde, et réclamait du temps à perdre. Certains parmi nos fidèles les plus fidèles en avaient. Notre petite agora comptait un grand nombre de désœuvrés qui ne demandaient pas mieux que de se passionner pour ce genre d'actualité. Il y avait les retraités, les chômeurs, et d'autres qui vivaient on ne savait trop de quoi, à la limite de la mendicité, bénéficiant sans doute de pensions misérables, à qui le quartier donnait la pièce pour de menus services. Je me rappelle l'un d'eux surnommé Chirac. Non en raison d'une quelconque ressemblance, mais il attendait anxieusement un logement de celui qui était alors maire de Paris. Dans ce but, à chaque élection, il se portait volontaire pour distribuer des tracts sur les marchés et dans les boîtes aux lettres du quartier, persuadé que cet acte militant lui donnait une sorte de passe-droit et qu'on lui en serait reconnaissant. Dans l'attente d'une réponse favorable à sa demande il dormait à droite à gauche, dépensant beaucoup d'énergie à donner de lui-même une image convenable, qu'on ne le confonde pas avec les sans-abri et les clochards, toujours vêtu d'un costume bleu-gris, chemise blanche et cravate lie-de-vin, jouant la carte de la tenue afin de préserver ses chances pour son studio futur au cas où on le convoquerait à l'improviste.

Inactif, il aimait à se rendre utile, à paraître débordé. Commissionnaire quasi attitré du quartier, il était tellement sollicité qu'à l'entendre il ne savait plus où donner de la tête. Il récapitulait de sa voix traînante et un peu empâtée son agenda du jour tout en relevant de la main sa mèche poivre et sel, comme si la sueur lui coulait déjà sur le front : aller à la poste pour la mercière, acheter un paquet de cigarettes pour le vigile de la banque, courir à la Sécurité sociale prendre un ticket dans la file et le rapporter à un copain à lui qui n'avait pas que ça à faire, garder le cocker fou d'Evelyne le temps qu'elle aille chez le coiffeur, remplir le ticket de PMU de Marcel, et il vérifiait s'il avait bien dans sa poche le papier où étaient inscrits les numéros, et bien sûr passer à la mairie du 19e prendre des nouvelles de son studio. Au cas où on se serait avisé d'ajouter une charge à son bât, il tenait à préciser que ce n'était pas marqué « pigeon », là, en remontant sa mèche et se barrant le front. Avant même de s'élancer il éprouvait le besoin de souffler, restant une heure ou deux à parler au kiosque, proposant à P. de lui rapporter une bière sachant que pour le prix de sa course il lui en offrirait une, riant un peu trop fort des blagues échangées entre P. et un client, pas certain d'avoir tout compris, ce qu'on devinait au temps de retard dans sa réaction.

Mais son rêve de studio toujours repoussé, sa mise au fil du temps parvenait de moins en moins à donner le change. Son unique costume gris-bleu montrait des signes de fatigue, s'amollissant aux coudes, aux genoux, sa chemise perdait de sa blancheur, ses lunettes d'écaille qui lui donnaient du temps de sa splendeur l'air d'un employé de banque, tenaient rafistolées avec du Scotch suite à une conversation ayant mal tourné dans un bar, alors je lui ai dit, alors il m'a dit et moi je lui ai dit « oh », alors mes lunettes ont valsé. Sur la fin c'étaient ses dents qui le taquinaient, ce qui n'arrangeait pas sa diction. Il n'a sans doute pas été très loin ensuite. Au mieux a-t-il fini dans une chambre d'hôpital, seul, essayant d'un bon mot d'attirer l'attention des filles de salle. Sa dévotion à son maître en politique fléchissait à mesure qu'était repoussée sans cesse la promesse de son studio. Il eût fallu le prévenir. C'est son mentor en politique qui avait l'habitude de citer la fameuse sentence : les promesses n'engagent que ceux qui y croient.

Notre Chirac passait régulièrement une tête dans les bureaux de la ville, s'inquiétait, revenait de plus en plus dépité, jusqu'à s'emmêler dans ses convictions au point de vendre *L'Humanité dimanche* sur les marchés, avec Norbert, un autre habitué, un petit homme maigre, à grosses lunettes de myope et au crâne dégarni, d'une incroyable gentillesse, avec qui notre Chirac faisait équipe quand il croulait sous les tâches. Ils composaient un duo à la Laurel et Hardy, toujours se chamaillant, dans leur détresse commune cherchant à ce qu'on ne les réunisse pas dans le même sac de misère. Norbert à qui je rendis une dernière visite à l'hôpital Tenon, inquiet de ne plus le voir, le quartier se démenant pour avoir de ses nouvelles, le localisant là-bas, ce qui n'était pas bon signe, où il reposait dans une petite chambre sombre au rez-de-chaussée, l'humeur toujours égale, jamais une plainte sur son sort, la face jaune comme un œuf, dont je pensais qu'elle avait été badigeonnée de teinture d'iode, mais non, c'était naturel, la cirrhose ne lui laissant plus que quelques semaines à vivre.

Il y avait déjà longtemps que sa main tremblait quand il se saisissait de *L'Humanité* dans son casier, qu'il appelait le petit menteur, non pour exprimer une quelconque défiance envers ce qu'il y lisait, il avait beau être lucide c'était un communiste fidèle, mais afin de se prévenir contre les commentaires narquois, car le déclin du journal était déjà bien entamé et la critique du communisme, longtemps bridée, se donnait libre cours. La chute du Mur était pour bientôt. Nous lui gardions chaque jour un exemplaire, un des premiers gestes de la journée quand nous déballions les paquets et comptions les journaux, mettant automatiquement de côté son quotidien, même si le risque d'en manquer était faible, ne s'est même jamais produit, même s'il continuait de le prendre dans son casier, s'étonnant toujours qu'on ait pensé à le lui réserver, touché de cette marque d'intérêt pour sa personne, ce qui l'obligeait à remettre en place celui qu'il avait retiré, exercice de plus en plus difficile avec sa main agitée, de sorte que c'est nous qui nous en chargions, lui prétextant que les journaux étaient trop serrés, qu'il fallait pour les replacer un homme de l'art, disait-il. Mais *L'Huma* trop serrée, pas vraiment.

Lui aussi on ne savait trop de quoi il vivait, il avait pourtant été à l'en croire l'impresario ou le factotum de Jacques Brel jadis, et aucune raison de mettre ses propos en doute, il n'était pas flagorneur et me racontait des histoires crédibles de ce temps. C'est lui qui m'apprit pour qui avait été écrite la chanson « Ne me quitte pas », pour la fille d'un chansonnier dont le nom ne dit plus rien aujourd'hui, l'injonction « ne me quitte pas » étant abusive puisque, selon Norbert, c'est Brel qui était parti. Elle n'attendait pas qu'il lui offre « des perles de pluie venues de pays où il ne pleut pas », ce qui ne veut pas dire grand-chose sinon qu'il ne faut pas y compter, elle espérait qu'il divorce, à quoi il ne fallait pas qu'elle compte non plus, lui s'y refusant, et pour cette raison s'en alla (la maison du bord de mer qui abrita leurs amours vient d'être détruite, bâtie en aplomb de la falaise et menaçant de glisser), et d'autres anecdotes qui me reviendront peut-être, ah oui, il avait accompagné le chanteur dans une tournée en Grèce avec Jacques Canetti, le frère d'Elias, ce qui doit pouvoir se vérifier, et d'ailleurs je découvre qu'une chanteuse grecque a enregistré un disque de chansons de Brel, ce qui montre que son répertoire n'est pas inconnu à Athènes.

Peut-être que la carrière de Norbert avait pâti de la décision du grand Jacques de tout arrêter. Qu'il n'avait plus trouvé à se recaser auprès d'un autre artiste. Ou plus envie. Ou ceux qu'on lui proposait en échange ne lui convenaient pas, pas du même calibre forcément. Ou l'alcool déjà. On le retrouvait quelques années plus tard dans le théâtre d'une ville de la banlieue rouge, à la programmation ou à la technique, j'ai oublié, mais ensuite, c'était très flou. Il vivait seul, le célibat lui pesait. Il se montrait prévenant avec les femmes, déférent, s'écartant délicatement pour qu'elles se saisissent d'un magazine. Me lançant un clin d'œil au passage d'une séduisante. Sa cirrhose, il ne l'avait pas attrapée en buvant de l'eau, et sans doute profitait-il de ses soirées pour noyer sa solitude, mais si je compare avec mes compagnons de kiosque, il me semblait presque sobre. Je ne l'ai jamais vu tituber ou tenir des propos d'ivrogne, jamais grossier, jamais une plainte non plus, répondant invariablement que tout allait bien. Et lui aussi toujours disponible pour un service, mais bien moins fiable que son camarade Chirac. Il n'y avait pas que le foie, le cerveau aussi devait être atteint.

Je me rappelle lui avoir demandé un jour de me photocopier cinq ou six feuillets à la librairie des Orgues située à cinquante mètres du kiosque, d'où il revint deux heures plus tard, me tendant un lot de feuilles en vrac où les textes étaient imprimés en biais ou sur une moitié de page, certaines autres noircies comme s'il les avait retirées du feu, m'assurant selon son mot que j'ai retenu tellement il m'avait désarçonné, m'ôtant du même coup la tentation de protester, que j'avais « à peu près tout », mais tout à jeter bien sûr, ne lui en voulant pas, comme notre Chirac il était la bonté même, et comment le sort – ou la société – ne trouvait-il pas mieux à proposer à ces hommes de bonne volonté, le remerciant pour ses photocopies, lui suggérant de garder la monnaie qu'il me tendait. Pour la peine. Pour le chagrin. Pauvre Norbert. Pauvre Chirac. Tout me revient à mesure que je regagne le temps du kiosque, toute une galerie magnifique. Comme je leur dois à tous. Comme ils m'ont aidé à me concilier le monde, comme ils m'ont appris. Comme j'aimerais à mesure qu'ils s'invitent leur faire la place qu'ils méritent ici.

Sur la question de la pyramide l'opinion se partageait entre sceptiques et indignés, sans oublier les habituels commentaires goguenards sur la malédiction de Toutânkhamon et autres plaisanteries si on veut bien se rappeler que dans *Les Cigares du Pharaon* Tintin accompagne Philémon Siclone, un égyptologue fou, à la recherche du tombeau de Kih-Oskh (prononcer kiosque, et on comprend l'allusion). Ce qui était reproché au projet, ce n'était pas tant son dessin géométrique aux lignes épurées que son emplacement au cœur de l'enceinte sacrée du Louvre, une injure faite à Pierre Lescot selon ses détracteurs. Et aux mânes de la monarchie pour certains, mais ils étaient peu nombreux à revendiquer ouvertement son retour. L'avènement de Juan Carlos adoubé par Franco avait remis l'hypothèse sur le tapis, mais c'était en Espagne. La France de 93 avait réglé une fois pour toutes la question.

Nous recevions néanmoins un exemplaire d'un bulletin bimensuel d'un mouvement royaliste, qu'on ne s'arrachait pas, mais P. aimait bien mettre en service les titres confidentiels, à la limite du samizdat, ce qui nous faisait râler, M. le peintre maudit et moi, estimant que c'était du travail pour Sisyphe (je retire le journal invendu que je remplace par le journal que je ne vendrai pas), sans compter que les casiers du kiosque explosaient sous la pression des revues entassées, qu'il était préférable de les alléger, mais P. ne voulait rien savoir, prétendant au contraire que si nous n'avions pas telle ou telle revue, le client prendrait l'habitude d'aller la trouver ailleurs, et par la même occasion son quotidien et ses magazines, ce qui était vrai en théorie, mais en pratique la caisse ne perdait pas grand-chose.

Nous avions par exemple un présentoir consacré aux revues littéraires style *Esprit*, *NRF*, *Revue des deux mondes*, *Europe*, pour lesquelles le quartier ne manifestait pas le moindre intérêt, qui repartaient non pas telles qu'elles étaient venues, mais portant les stigmates de deux mois d'exposition, empoussiérées, les pages gondolées par l'humidité, auxquelles P. ne voulait pas renoncer, les remettant aussitôt en service dès lors que les NMPP, au vu des chiffres de vente égaux à zéro, avaient décidé de nous les retirer. C'était évidemment pour lui une manière de se distinguer, qu'on ne le réduise pas à un simple vendeur de papier imprimé, une manière de s'inscrire dans le cercle plus valeureux des lettrés, glissant quelquefois dans sa conversation, quand j'étais à Vincennes, c'est-à-dire au temps glorieux de l'université libre de Vincennes avec sa galaxie de professeurs médiatiques.

C'est un sentiment que je connaissais bien, ce besoin de rectifier sa position dans le miroir de l'autre. Une façon de dire ne vous méprenez pas sur moi, ne tirez pas de conclusion à partir de ce que vous percevez. Tentation de se démarquer de la fonction à quoi les gens vous réduisent. Et vous réduisent longtemps quand bien même elle n'est plus d'actualité. J'avais beau avoir quitté le kiosque depuis des années, il se trouvait toujours des gens qui me renvoyaient au marchand de journaux. Ce qui ne partait pas toujours d'une intention bienveillante. Ce qui traduisait dans ce cas, en cherchant à me rabaisser, le peu d'estime qu'ils avaient pour la fonction.

En dépit de ses débordements et de son ton sarcastique qui en indisposaient plus d'un, P. cherchait à soigner son image de kiosquier irréprochable, jamais pris en défaut, c'est-à-dire, selon l'idée qu'il en avait, ayant tous les titres (il en existait plus de trois mille dont la plupart passaient incognito), ayant connaissance de tous, et en mesure de fournir le moindre renseignement sur la disparition ou la réapparition de l'un d'eux. Il attendait la consécration du client venu sans illusion, habitué à ce qu'on repousse sa demande, vous n'auriez pas par hasard ? s'excusant déjà de nous avoir dérangés pour rien, mais pas de hasard du tout pour notre petit Raimu assyrien. Sans dire un mot, d'un air entendu, il déposait sa pipe dans le cendrier placé en équilibre sur une pile de revues d'où il ne manquait jamais de verser, essaimant partout ses cendres et ses miettes de tabac qui imprégnaient notre habitacle d'une odeur de gros gris, sortait du kiosque, son escabeau de quatre marches à la main, le dépliait, l'installait lentement en s'assurant bien de son assise, et, après s'être livré à un exercice de haute montagne sur la pointe des pieds, repérait, à un angle visible d'un demi-centimètre carré, le petit journal de deux feuillets que seul son œil averti était en mesure d'identifier dans cette masse de papier tout en haut de la porte. Il l'extirpait délicatement afin de ne pas provoquer une pluie de revues, et d'un geste professionnel le tendait au seul royaliste de l'arrondissement qui n'en revenait pas, se retenant d'embrasser le petit homme. Puis, toujours lentement et sans un mot, il repliait l'escabeau, le soulevant légèrement pour qu'il ne traîne pas au sol, regagnait son poste, et au moment de recevoir la monnaie glissait – il ne pouvait s'en empêcher, de manière à éviter tout malentendu, bien que sur sa mise il y eût peu de risque –, assaisonnant sa remarque de son petit rire goguenard, que lui était plutôt un lecteur de l'autre bord, montrant du tuyau de sa pipe, *Le Libertaire* et *Le Monde libertaire*, qu'il exposait bien en vue, grâce à quoi nous n'en vendions pas davantage.

Ce qui suffisait peut-être, cette ostension en guise de manifeste, à indisposer le partisan du prince qui se jugeait lésé et qu'on ne voyait pas forcément revenir quand P. pensait avoir ferré un nouvel habitué. Peut-être aussi que le bulletin en question, une fois exposées les bonnes raisons qui justifieraient le retour du roi, n'avait pas grande nouvelle à donner sur sa reconquête monarchique. Qu'il piétinait. Un numéro de temps en temps, on ne perdait pas le fil de l'actualité princière, même si le comte de Paris, l'héritier en titre, se déclarait prêt à remonter sur le trône depuis que le général de Gaulle, qui promettait tout à tout le monde et feignait de comprendre les intentions à demi-mot, lui avait suggéré jadis de se tenir dans les starting-blocks. Dans lesquels il mourut.

Ce qui étonnamment faisait débat dans notre quartier. Une cliente de *Point de vue Images du monde*, la revue des têtes couronnées, le tenait pour un imposteur, estimant pour sa part que seul un Bourbon et non un Orléans était légitime, en conséquence de quoi elle en appelait au roi d'Espagne devenu l'exemple à suivre, et comme je lui demandais si elle avait de la famille dans le Gotha, ce qui était assez peu vraisemblable rue de Flandre, ou alors la lignée avait connu de sérieux revers, elle me confia qu'elle se passionnait depuis toute petite pour les questions dynastiques, que son père était effectivement espagnol, mais côté républicain, et que personnellement elle travaillait comme comptable dans un bureau de je ne sais quoi.

Une autre raison à la contestation du projet pyramidal tenait de la simple politique. Pas question de trouver la moindre vertu à ce qui apparaissait comme une lubie du monarque, savoir le président de la République et par inadvertance socialiste, un oxymore pour beaucoup qui n'avaient toujours pas digéré sa présence aux commandes du pays, la jugeant illégitime, comme si ce président élu était un malentendu, un quelconque putschiste d'une république bananière. Un éditorial du *Figaro Magazine*, au moment de s'absenter pour les vacances d'été que son auteur passerait dans sa villa du bord de mer, incitait même, en titre, ses lecteurs à résister. Or dans la terminologie du pays, quand on résiste, et encore pas tout le monde, c'est surtout contre l'occupant allemand, ce qui disait combien les socialistes au pouvoir étaient perçus comme un corps étranger à la nation, à bouter fort peu démocratiquement hors des frontières du pays légal, un parti de l'étranger, en somme.

Le centre Beaubourg n'avait pas été édifié sans grincement de dents, mais d'avoir été voulu par un président conservateur, au point qu'on y avait accolé son nom une fois celui-ci décédé, avait tempéré les critiques venant de son propre camp, l'autre camp, celui du progrès, ne pouvant qu'applaudir à cette audace architecturale sans se déjuger ou passer pour réactionnaire. J'avais lu dans une revue (je les feuilletais à peu près toutes, emportant dans mon sac le midi ou le soir selon mes horaires celles dont un titre avait retenu mon attention afin de le parcourir à mon aise dans le métro, ce qui allait de l'unité des quatre forces de l'univers au mode d'élection du Dalaï-Lama, des petites annonces de *L'Auvergnat de Paris* (madame Saint-Flour s'est cassé la jambe en bêchant dans son jardin) aux dernières nouvelles du show-biz, des dernières tendances en décoration à une rivière secrète pour la pêche à la truite, car le kiosque était la plus formidable encyclopédie *in vivo*) un article qui, profitant des atermoiements autour de la construction de la pyramide pour se livrer à un inventaire des projets contestés ou même recalés, rappelait qu'avec Beaubourg les débats avaient été également houleux et que, devant la maquette du centre d'art qu'il découvrait, le président conservateur aurait lâché : Ça va faire hurler.

De fait, ç'avait hurlé, et tellement que son successeur, un chauve à la mèche rabattue sur le crâne, grand bourgeois vulgaire qui jouait de l'accordéon pour faire peuple, c'est dire l'idée qu'il en avait, et préférait les fauteuils Louis XV à Matisse et Rothko, et bien que du même bord politique, avait tenté de l'arrêter. En vain. L'audacieux bâtiment se dressait au centre du plateau Beaubourg comme le signal d'une ère nouvelle. Comme un défi aussi, un gant à relever pour les représentants d'un socialisme éclairé arrivés fraîchement au pouvoir à la place du chauve à la visière, et bien décidés à en remontrer – en dépit de Beaubourg – aux forces obscures qui les avaient précédés. La modernité, c'était leur rayon, qu'est-ce qu'un président réactionnaire s'était mêlé de jouer à l'avant-garde ? Ce ne pouvait être que dans le but de les narguer, de contrecarrer leur marche en avant, le centre Beaubourg avait été une peau de banane délibérément lâchée sur la route qui les conduisait au pouvoir. Mais le grand chambellan des plaisirs du prince, et ministre de la Culture, avait remis de l'ordre dans le cours des planètes et l'alternance des jours et des nuits. Dans un élan lyrique dont il était coutumier, pratiquant volontiers l'hyperbole et l'emphase, il avait déclaré que par l'élection de son favori le pays était passé de l'ombre à la lumière. Illustration immédiate de cette fin d'éclipse avec la proposition d'une pyramide de verre en portail d'entrée d'un musée du Louvre embelli et agrandi. Ce qui insinuait tout de même qu'on embellissait et agrandissait la tombe du pays. Ce qui ne se présentait pas comme un message d'espoir.

Au-delà des querelles esthétiques et politiques se rejouait le même mélodrame « des Anciens et des Modernes », une sorte de guerre civile latente qui s'enflamme périodiquement et qui couve le reste du temps. Les « Anciens » avaient leurs tenants au kiosque et se partageaient à peu près équitablement avec les « Modernes ». Concrètement, ce découpage donnait autant de lecteurs du *Figaro* que du *Monde*. Des deux côtés on manifestait des convictions tranchées quand le courant largement dominant qui lisait *Le Parisien* et *France-Soir* était plutôt d'avis que changement ou pas de toute façon ça ne changerait pas grand-chose. Urabe Kenkô, qu'on surnomme un peu abusivement le Montaigne japonais – mais Montaigne n'était pas non plus un fanatique du changement –, note en bon moine bouddhiste dans son recueil *Les Herbes de l'ennui*, traduit aussi par *Les Heures oisives*, écrit alors qu'il vivait retiré du monde après une carrière à la cour : « À quoi bon changer ce qui n'a pas besoin d'être changé ? » On pourrait objecter que seuls ceux qui n'ont pas intérêt au changement recherchent le statu quo, mais il se trouve aussi que beaucoup de potentiellement « intéressés » par un changement, notamment parmi les classes populaires, n'en veulent pas non plus. Nos « Modernes » au nom de l'inévitable Progrès et de l'humanité en marche, se posaient en défenseurs de la pyramide de verre, même si on devinait que leur souci premier était surtout de ne pas se joindre aux lamentations des conservateurs. Bien plus qu'ils n'étaient séduits. Il n'y avait pas à les pousser beaucoup pour qu'ils baissent de plusieurs tons leur enthousiasme. Par quoi l'on comprenait que l'engouement pour la modernité relevait plus d'une posture que d'une adhésion.

Chirac et Norbert avaient décidé d'y aller voir de plus près. Histoire de se faire une idée devant cette pyramide en ficelle que la ville offrait comme un leurre politique aux badauds. Je les imaginais au milieu de la foule dès bien mis dans l'enceinte du Louvre, s'accrochant l'un à l'autre, s'apostrophant pour qu'on ne les confonde pas, guettant le sourire complice d'un passant pour un de leurs mots d'esprit (je les connaissais, ils n'étaient pas très variés, ne volaient pas très haut, et il fallait les aimer tous les deux pour en apprécier la saveur, mais j'en riais de bon cœur), ne recueillant qu'un regard distant par quoi on leur signifiait qu'ils n'étaient pas du même monde, ce qu'ils savaient. Et ils ne s'étaient pas attardés. À leur retour, à mes questions sur l'effet produit, je n'étais même pas certain qu'ils aient accordé à l'édifice potentiel autre chose qu'un vague coup d'œil accompagné d'un commentaire du style bon, on y va, suivi d'une incitation à acheter une bière quelque part, ou peut-être en avaient-ils emporté (j'ai encore la vision de la poche de la veste avachie de notre Chirac déformée par le poids d'une canette), sachant qu'ils ne se seraient jamais aventurés dans les cafés autour du Louvre. Comme j'insistais pour recueillir leurs impressions, je n'avais récolté que leurs habituels haussements d'épaules et les commentaires désabusés qui accompagnent ce genre de projet (je me souviens que notre Chirac, inspiré ce jour-là, craignait qu'on lui propose un studio en ficelle), le scepticisme habituel des quartiers populaires, pas de leur ressort, pas pour eux, en gros ils n'en pensaient pas grand-chose, s'en fichaient, et tant qu'à me faire une opinion ils m'incitaient à me transporter jusqu'au Louvre pour que je leur livre mes impressions, un peu comme à la sortie d'un cinéma, on attend en silence que l'un se décide à parler du film visionné afin de se faire un avis qui s'invente en direct en contrant ou appuyant les propos de l'autre, et qui n'existait pas jusqu'à ce que le premier se jette à l'eau. De toute manière, et c'était la conclusion du rapport de la visite à la pyramide, on ne voyait pas grand-chose. Comme la cour en chantier était cernée de barricades qui bouchaient la vue, on avait élevé une estrade sur laquelle défilaient les curieux. La file d'attente était longue et on pressait les gens agglutinés sur la plate-forme de ne pas trop s'attarder. Il n'y avait pas de quoi. On apercevait la chose de très loin, et il fallait vraiment fermer les yeux pour « voir », à partir de ce schéma rudimentaire, la future pyramide de verre.

J'avais fini par me déplacer jusque là-bas, non par intérêt pour la structure en ficelle, je savais que ma vue limitée ne me permettrait même pas d'apercevoir les quatre câbles tendus, mais pour mes désœuvrés, pour cette attente que certains avaient de mon commentaire. C'est par eux que j'ai découvert avec ébahissement que ma conversation pouvait avoir de l'intérêt. Je ne lui accordais que peu de prix jusqu'alors. J'avais plutôt eu le sentiment que mes théories à l'emporte-pièce agaçaient mes interlocuteurs. Ce qui avait été le cas dans la famille où certains étaient plutôt d'avis que je ferais mieux de me taire. Ce qui mettait à mal ma susceptibilité sans pour autant me faire douter au fond de moi d'avoir raison. Au kiosque, à son petit théâtre, au rôle qu'il m'a donné tandis que j'occupais le devant de la scène, improvisant mon texte en fonction de l'actualité et des récits de vie que je recueillais des uns et des autres, à mes camarades de la rue de Flandre, je dois ce somptueux cadeau de m'avoir convaincu que ma conversation pouvait être profitable.

Ce fut comme un éclair dans mes pensées, une sorte de petit satori que je peux dater précisément d'un soir à mon retour du kiosque, dans un wagon de métro, quelque part entre Crimée et place de Clichy : on s'intéressait à ce que je racontais.

Fréquemment, en France et même un peu partout dans le monde, je retrouve des anciens du kiosque. Comme à l'université d'Ankara, ce professeur de français, barbe taillée à la Jaurès, lunettes d'écaille, cheveux ondulés coiffés en arrière, crâne légèrement dégarni, vague ressemblance avec Allen Ginsberg, et à qui je lance en le pointant du doigt, avant même qu'il ne m'ait dit un seul mot: *Libération*, qu'il avait pris quotidiennement pendant son passage de quelques mois dans le quartier. C'est tout ce que je savais de lui, même si je l'avais plutôt imaginé travaillant dans la publicité. Et dernièrement ce témoignage d'une femme à la sortie d'un débat ou d'une conférence, se présentant comme une cliente de jadis, venue me rencontrer après une causerie, moins pour échanger sur ce que j'avais dit que pour évoquer les années de la rue de Flandre qu'elle avait quittée avant moi, nos souvenirs communs remontant à flots. Elle n'y était pas retournée depuis des années, s'inquiétait, on disait que le quartier avait changé, oui, l'installation des cinémas MK2 et le réaménagement du bassin de la Villette après son départ avaient amené une autre population, oui, des «bobos» (dénomination correspondant au début du XXIe siècle à une classe de trentenaires, socialement arrivés mais qui au lieu d'adopter les beaux quartiers et le mode de vie bourgeois, pour ne pas s'accuser de se vendre à la réaction, cherchaient à donner le sentiment d'une certaine marginalité, par l'habillement bohème, par les pratiques alimentaires, par les déplacements en deux-roues et par l'implantation dans les arrondissements encore populaires de la capitale dont ils contribuaient à l'augmentation du prix des logements et conséquemment à l'expulsion de ceux qu'ils étaient venus retrouver).

Je lui racontai comment dans la dernière année du kiosque, en vue du réaménagement de la rue de Flandre en avenue, la ville avait procédé à des expropriations, promettant en dédommagement aux expulsés qui avaient toujours vécu là un relogement en lointaine banlieue. Comme nous étions en Bretagne je lui parlai de cette vieille dame qui plutôt que de se retrouver à Lagny où elle ne connaissait personne avait décidé de rentrer à Pont-Croix, qu'elle avait quitté enfant quand ses parents étaient partis se louer en ville, et contrairement à l'idée qu'on aurait pu se faire à son sujet, ça ne l'enchantait pas plus que ça de regagner le pays bigouden où avec le temps elle était aussi étrangère qu'en Seine-et-Marne, mais elle y possédait encore une maison, et elle était venue me saluer une dernière fois, la mort dans l'âme. Et beaucoup comme elle. Il ne restait de ce qu'on avait connu que les immeubles à dévers, oui, horribles, mais confortables, elle y avait elle-même vécu. Puis au moment de se quitter, comme si elle s'était retenue jusque-là, par pudeur ou par crainte que mon nouveau statut ne me soit monté à la tête, que je considère avec distance et dédain ma vie moins glorieuse d'autrefois, avant de se lancer attendant de vérifier que sa confidence ne tomberait pas sur un ingrat, se penchant vers moi, à mi-voix, de manière à ne pas être entendue par les deux ou trois lecteurs qui patientaient derrière elle – et dans l'instant ce fut comme si elle m'apprenait un rendez-vous manqué au sommet de l'Empire State Building, un pêle-mêle de joie et de regrets, une consolation lumineuse et triste en souvenir du temps où je n'avais pas le sentiment de compter pour beaucoup : Vous savez, c'est pour vous qu'on venait.

Une des grandes surprises du kiosque était non seulement la diversité des opinions, avec d'infinies nuances qui rendaient délicate une classification précise des convictions, mais l'absolue singularité de certaines réflexions, impossibles à ranger dans une nomenclature existante, recensées dans aucune des catégories mentales habituelles, fruits d'un seul cerveau, d'un seul imaginaire labourant son propre terreau, et qui avaient le don de laisser à la fois ébahi et sans voix, comme un message tombé d'une autre galaxie auquel manqueraient les codes de compréhension, ce qui donnait ces sentences abruptes des acheteurs de quotidiens réagissant instantanément à un titre en grands caractères à la une de leur journal. Dans l'académie des ronchonneurs, notre jury (lequel se composait de P. le petit Raimu assyrien, de M. le peintre maudit, et du supplétif, apprenti écrivain prétendant dans l'anonymat le plus complet et sans la moindre preuve à la postérité littéraire) aurait élu à l'unanimité ce lecteur de *L'Aurore* président à vie.

Dans ce talent singulier qu'il mettait à contester le moindre changement on devinait que l'âge n'y était pour rien, qu'il avait dû commencer très jeune, et que peut-être jeune, il ne l'avait jamais été. Ou bien le cours de son existence l'avait-il contraint à cette moue perpétuelle qu'il affichait, mais on penchera plutôt pour la première hypothèse. Il portait par tous les temps un chapeau, gardait le manteau tard dans la saison, et s'autorisait à tomber la cravate quand la température s'affichait caniculaire, arborant alors une chemisette jaune paille qui lui donnait presque un air guilleret. Avait-il le col de sa chemise ouvert qu'on avait le sentiment d'un formidable relâchement, qu'un échange allait être possible sur un ton badin, sans que le ciel ait à craindre les foudres du vieil homme qui avait toujours à y redire, mais dès qu'il se saisissait de son journal dans le casier on constatait que notre président ronchon, égal à lui-même, en dépit de cette concession à la chaleur ambiante, n'avait pas pour autant baissé la garde de son esprit incisif et résolument rétrograde.

Dans une typologie contemporaine des *Caractères* il serait l'incarnation de « surtout on ne touche à rien ». Non par satisfaction d'un bel aujourd'hui qu'une innovation viendrait gâcher, il trouve suffisamment à s'en plaindre et ne s'en prive pas, mais au moins n'envenimons pas, le pire étant inévitable inutile d'en rajouter. Tout changement dans son environnement immédiat avait le don de l'irriter, que ce soit l'apparition d'un appareil automatique à la poste pour les envois de lettres et de paquets, un déplacement dans les rayons du supermarché de sa lessive habituelle, un redécoupage électoral, le passage à l'heure d'été, le limogeage d'un ministre qu'il conspuait la veille, la circulation, les places de parking, et le tout à l'avenant. À sa décharge je n'ai pas le souvenir de propos désobligeants pour les étrangers, ce qui arrivait quelquefois et créait des situations gênantes, comme ce vieil homme renfrogné, crevant sans doute de solitude (il allait tous les jours au supermarché et en revenait avec trois fois rien dans son cabas dont je voyais qu'il était quasiment vide), et qui m'expliquait en sa qualité de biologiste en retraite que les Asiatiques et les Africains ayant l'habitude de cracher par terre, leurs microbes soulevés et portés par le vent allaient se propager comme une traînée de poudre mortelle dans Paris. M. le peintre maudit ne s'embarrassait pas de simagrées, il reprenait le journal des mains du plaignant et l'insultait publiquement, au besoin sortait de sa guérite et le bousculait, et le plus étrange, c'est que le chassé revenait comme si de rien n'était. J'enviais M. de réagir aussi sainement, mais n'ayant pas sa brutalité et sa faconde, pas son courage peut-être aussi, j'avais mis au point une formule par laquelle j'arrêtais la discussion : je crois que nous ne pensons pas pareil, et ça suffisait.

Pas de haine ostensible de ce genre chez notre président des ronchonneurs. Mais peut-être que dans le repli du monde où il vivait, la place des immigrés n'était pas plus envisagée que les poètes dans la république de Platon. Il n'y avait pas d'amélioration possible à l'état des choses, ce qui ne signifiait pas que la situation présente trouvât grâce à ses yeux. Rien ne trouvait grâce. Bien qu'on pût penser qu'il vivait de regrets et que dans son esprit, c'était mieux avant, on n'était pas en mesure de situer cet avant. Peut-être un coin de son imaginaire était-il arrimé à un souvenir d'enfance, une tartine de pain grillé plongée dans un chocolat fumant un matin d'hiver, ou les draps remontés jusqu'au menton par une mère aimante au moment de se coucher, ou un rire solaire d'enfant dans l'éclaboussement des vagues. Il faut avoir une idée très précise du bonheur pour ne le retrouver nulle part dans ce qui est. Ou ne l'avoir jamais connu et ne pas savoir à quoi il ressemble.

Il lisait *L'Aurore* dont je me rappelais qu'il avait connu jadis son heure de gloire avec Zola et son « J'accuse », et on pouvait se demander si notre président à vie eût été vraiment aux côtés de l'écrivain et de Clemenceau, autre rédacteur fameux, dans leur défense du colonel Dreyfus, mais j'ai appris plus tard que cet *Aurore* avait disparu en 1914, et que sa résurrection remontait à la Libération. Or c'était justement de penser à Dreyfus qui me rendait malgré tout sympathique notre ronchon et le sauvait à mes yeux, même si la ligne politique du journal, au moment où nous le vendions, ne le classait pas du côté des forces de progrès. Le titre en déclin venait d'être racheté par l'ancien collabo, Robert Hersant, qui lui avait fait subir ce que les urbanistes appellent une façadisation. En gros on garde la façade d'un immeuble pour son caractère patrimonial, et derrière on fait n'importe quoi. Ici on garde le titre et un édito, et à l'intérieur on glisse les pages du *Figaro*. Ce qui était un moyen de garder ses derniers lecteurs, dont le président Ronchon, et de bénéficier des subventions attribuées à la presse. Procédé déjà expérimenté par les deux quotidiens nantais pour lesquels j'avais découpé les dépêches. *L'Éclair* ne se distinguant de son jumeau *Presse-Océan* que par la une et son billet d'humeur que j'avais tenu deux ans avant d'être congédié sans autre forme de procès par le même collabo qui en était aussi propriétaire et ne s'était alarmé que tardivement d'un séditieux dans ses pages. J'appris qu'il avait été alerté par un de sa bande et néanmoins député, lequel avait appelé le directeur qui préférait ses chevaux à son journal et ne l'ouvrait que lors de ses passages épisodiques au siège de la rue Santeuil, du nom d'un poète néolatin qui selon Boileau se croyait le plus grand poète du monde mais du coup on se demande ce qu'a bien voulu dire le jeune Proust en se glissant sous son patronyme pour son premier roman inachevé. Un autre appel du directeur au rédacteur en chef et l'affaire était réglée. Dehors l'imposteur.

Si j'avais pu exercer en relative impunité mon activité de billettiste d'humeur pendant cette période, c'est que la diffusion parcimonieuse de *L'Éclair* ne justifiait pas qu'on lui accordât la même vigilance éditoriale qu'aux fleurons du groupe. J'étais donc bien à même de dénoncer le procédé de « clonage » des deux quotidiens, et d'en expliquer les raisons, l'ayant éprouvé de l'intérieur, mais notre président Ronchon se refusait à admettre la supercherie, *Le Figaro*, c'était *Le Figaro* et *L'Aurore*, *L'Aurore*. Lanterne et vessie, torchon et serviette, on ne confond pas. Manquait-il son journal favori – nous en recevions trois ou quatre pour les irréductibles dans son genre –, pas moyen de lui proposer à la place son jumeau, et il repartait en maugréant. Les jours suivants, quand les deux quotidiens étaient là, que je pouvais procéder à une étude comparée et lui démontrer, pages ouvertes à l'appui que, hormis la une, rien ne différenciait *L'Aurore* du *Figaro*, il s'entêtait à contester l'évidence. Plutôt que de chercher à le convaincre il valait mieux en prendre son parti comme Katarina dans *La Mégère apprivoisée* admettant que la lune est le soleil puisque son rugueux mari semble y tenir. Ce qui ne fait pas de la lune le soleil. Énoncer n'est pas créer.

Mais ce jour-là, les quotidiens jumeaux affichant leur accord illustraient leur une avec la même photo de la pyramide en ficelle. Les déballant, j'avais eu une pensée pour notre président. L'occasion était trop belle de lui faire entendre raison. La décision avait-elle été prise officiellement de lancer la construction ? Ou débattait-on encore de son opportunité ? Ou la droite réactionnaire lançait-elle une contre-offensive ? On approchait sans doute de la résolution du conflit qui, le temps passant, virait au guignol sur fond de gabegies de deniers publics. Les duettistes étaient présents (ils l'étaient souvent), l'esprit frais encore à cette heure de la matinée, même si la main de Norbert n'attendait pas son premier verre pour s'agiter, quand le président en chapeau et manteau se présenta devant le kiosque. S'étant assuré qu'il ne volait la place de personne (il se montrait toujours d'une parfaite correction, on ne l'aurait pas pris en défaut sur les règles de politesse, notre Chirac qui avait l'habitude de discuter le coude appuyé sur l'un des présentoirs où étaient exposés les quotidiens, s'écartant pour lui laisser le champ libre), il s'avança sous le regard de mes duettistes, retira son journal favori du casier où nous avions l'habitude de replier les trois ou quatre exemplaires pour qu'ils occupent le moins de volume possible, prenant consciencieusement celui qui occupait le centre et, avant de chercher ses pièces dans une petite bourse en cuir où il avait du mal à enfourner ses doigts (il y aurait une sociologie du porte-monnaie à faire), le déploya sur la pile de magazines de notre éventaire afin d'en découvrir les titres.

Notre Chirac, qui avait bien vu de quoi il retournait à la une et aimait bien attirer l'attention par un bon mot, s'autorisa un commentaire goguenard où il évoquait sa visite, du genre c'est comme une grande tente mais sans la toile, ce qui incita le président, plutôt discret en général, à s'inviter en force dans la conversation. Notre ronchon en grande forme tenait enfin un sujet à la hauteur de ses indignations. Il devait piaffer depuis longtemps. Tout de suite il s'emporta. Sur le fond de son argumentaire il se montra magistral, éblouissant : c'était évidemment une catastrophe, l'art contemporain était, passez-moi, messieurs, l'expression, de la merde (en quoi il était d'accord avec Baudrillard, mais ce n'est certainement pas dans la lecture du sociologue post-moderne qu'il avait puisé son analyse), on allait défigurer définitivement le Louvre, détourner les visiteurs qui s'en iraient au Prado, au British Museum, à Amsterdam, les socialistes poursuivaient le massacre de Paris, c'était même leur seul programme (je regrette aujourd'hui d'avoir omis de lui demander ce qu'il pensait de notre kiosque), de quel cerveau malade avait bien pu sortir un projet pareil, on condamne les voyous qui dégradent les monuments publics, il devrait y avoir une loi du même type pour les architectes, et parvenu au paroxysme de sa plaidoirie il laissa tomber cette sentence définitive, fruit de ses longues ruminations, à travers laquelle il livrait le fond de son art esthétique : « Avec du vieux, il faut faire du vieux. » Et après un instant qui n'attendait pas de commentaires, le temps de savourer l'effet produit par sa réplique sur le trio de spectateurs méditant sa formule et les problèmes spatio-temporels qu'elle posait, notre Chirac regardant son soulier fatigué, Norbert esquissant dans son dos sa mimique interrogative favorite, sourcils levés, tête allongée et joues rentrées, notre président conscient qu'une telle sortie ne pouvait être que le mot de la fin : Messieurs, dit-il en touchant le bord de son chapeau. Et il s'en retourna.

La une des quotidiens fournissait matière à controverses. La presse n'ayant pas de suite dans les idées, abandonnant du jour au lendemain ses indignations (la période de deuil dans un journal dure vingt-quatre heures), il fallait faire preuve d'une réactivité formidable et d'un esprit omniscient (en gros endosser les métamorphoses d'un éditorialiste) pour commenter à chaud l'aggravation du chômage (entre fatalisme et propositions du style remettre les poinçonneurs dans le métro), la guerre au Liban (bien retenir qui était l'allié de qui, entre druzes, maronites, prosyriens, chiites, ce qui changeait tout le temps), le conflit israélo-palestinien (à éviter), la dette américaine (le diable impérialiste mais il y avait toujours quelqu'un pour rappeler le 6 juin 44), et puis pêle-mêle : faut-il interdire l'autoroute aux poids lourds, les régimes sont-ils bons pour la santé, les origines de la fortune de Bernard T. (un aventurier de la fin du XXe siècle, toujours à fanfaronner et peu regardant sur les principes, qui tentait de nous convaincre que le but de la vie était de « réussir », à gagner de l'argent, bien sûr), les débats sur la couleur et le sexe de Michael Jackson (un chanteur américain qui inventa le *moonwalk*, consistant à marcher à reculons en donnant l'impression d'avancer), la teinture de Ronald Reagan (la marionnette à manchons de l'école monétariste de Chicago), l'adresse du coiffeur de Margaret Thatcher (une serial killer qui sévit dans les prisons de Long Kesh en Irlande du Nord et jamais inquiétée), la colère des agriculteurs déversant leur habituelle tonne de fumier devant l'Élysée (pour engraisser ses jardins sans doute), qui se cache derrière les attentats qui ensanglantent Paris (l'Iran et ses mollahs pointés du doigt, un emprunt datant du shah et non remboursé par la France, mais dans le métro nous regardions de travers un sac en plastique délaissé sous un siège au point de le pousser légèrement du pied pour vérifier s'il ne contenait rien d'autre que les restes d'un déjeuner sur le pouce), le scandale du sang contaminé (on aurait délibérément transfusé des malades avec du sang porteur du virus du sida – « responsable mais pas coupable », s'était défendue une andouille alors ministre des Affaires sociales, aujourd'hui présidente d'une secte évangélique), la montée de l'extrême droite (on plaçait les journaux de la mouvance dans le casier le plus élevé d'une des portes du kiosque, obligeant l'amateur, encore honteux à cette époque, d'abord à s'inquiéter si nous les recevions, ce qui, le simple fait de le formuler, n'allait pas tout seul, et ensuite à grimper sur le tabouret qu'on lui tendait quand d'ordinaire c'est nous qui nous livrions à cet exercice), la papamobile et ses vitres blindées depuis la tentative d'assassinat du pape (qui obtint de rencontrer le meurtrier dans sa prison et le pria sous le sceau du secret de lui souffler le nom de ses commanditaires – le KGB via les services secrets bulgares), l'arrivée du beaujolais nouveau sur lequel P., après s'être penché toute une nuit sur la question, émettait un avis de connaisseur, lui trouvant un goût de banane ou de groseille ou de pierre à fusil, ce qui sous-entend que les chasseurs ont de drôles de régime, la tache lie-de-vin de Gorbatchev (pour la première fois dans l'histoire de l'Union soviétique, un dirigeant s'affichant auprès d'une épouse gracieuse, Raïssa, qui devait avoir une bonne influence sur l'inventeur de la *glasnost* car après sa mort d'un cancer du sein, l'ancien chef de l'URSS perdit forme humaine et erra politiquement), faux époux et vraies barbouzes (à propos des pieds nickelés qui coulèrent dans la baie d'Auckland le bateau affrété par Greenpeace dont la mission était de dénoncer et de perturber les essais nucléaires imbéciles et ruineux du Pacifique sur l'atoll de Mururoa), et son corollaire : faut-il avoir peur du nucléaire ?

Visiblement oui, si l'on se rappelle Fernando Pereira, le photographe néerlando-portugais qui dormait paisiblement dans le *Rainbow Warrior* et coula avec lui, assassiné pour une pitoyable raison d'État à la solde du lobby de l'atome.

Si le CEA avait cherché un lobbyiste bénévole il l'aurait trouvé rue de Flandre, lequel me déclarait en déployant une foule d'arguments de raison que, s'il ne tenait qu'à lui, pour sa sécurité et sa santé, il s'installerait au pied d'une tour de refroidissement d'une centrale, le lieu le plus protégé qui soit, affirmait-il. Et où il ne mangerait que des conserves dûment stérilisées. Originaire de la région de Valence, arrivé d'Espagne en France à vingt ans, il avait connu, enfant, la faim dans la période suivant la guerre civile, ne survivant que d'oranges, la guerre, m'apprit-il, ayant en réalité duré jusqu'en 1945, une poignée de républicains continuant de faire le coup de main contre les forces franquistes. Toujours de bonne humeur, il avait cette particularité d'avoir une horloge biologique dans la tête et de se fixer l'heure du lever à la minute près sans avoir besoin d'un réveil, ce qui me remplissait d'envie quand je me réveillais dix fois pour juger de l'avancée de la nuit et ne pas manquer mon heure de lever, à cinq heures, ces semaines où je faisais l'ouverture du kiosque. Il prétendait aussi, et je le croyais, avoir fait le gigolo sur la Costa Brava dans sa jeunesse, même si j'avais du mal à l'imaginer en tombeur de vieilles dames. Avec sa moustache et ses cheveux frisés clairsemés il ressemblait au jeune Louis de Funès dans ses premiers films, du temps où il se contentait de pousser une porte et de grimacer en espérant qu'on le remarque et que la prochaine fois on lui propose un rôle plus important, ce qui de fait se réalisera.

De jour en jour, l'actualité bonne fille nous fournissait nos sujets de conversation, abreuvait nos échanges, auxquels nous mêlions les nouvelles du quartier, de sorte que nous vivions dans un accommodement permanent entre le proche et le lointain. Ce qui était une réalité de la rue de Flandre puisque le lointain venait jusqu'à nous prendre, à travers ses publications, le pouls du pays natal. Découvrant les titres au moment de couper à l'aide d'une serpette la ficelle qui enserrait étroitement les paquets au point d'entailler profondément les quotidiens du dessus et du dessous que les lecteurs n'acceptaient ainsi mutilés que si vraiment ils étaient les derniers, je pouvais même redouter les commentaires acerbes de certains dont je connaissais la sensibilité politique. Même si mes craintes se révélaient souvent infondées. J'ai appris au kiosque que les réactions des uns et des autres devant un événement pouvaient être surprenantes, et bien loin de l'idée que je m'en faisais pour eux, ce qui devrait rendre prudent quand on prétend parler et penser à la place d'autrui, ce qui disqualifie immédiatement ces élus qui annoncent qu'ils sont le peuple quand ils n'ont connu que les rentes viagères de la République et ignorent le prix des choses communes dont leur vie dorée les dispense.

Lorsque les F-15 Eagle israéliens bombardèrent le QG de Yasser Arafat près de Tunis – la date est facile à retrouver, c'était le 1er octobre 1985, opération dite «Jambe de bois» en représailles au massacre de trois civils israéliens sur un yacht au large de Chypre par l'unité d'élite de l'OLP, pour quoi il n'est sans doute pas besoin d'un entraînement poussé, ni de se passer le visage au noir, trois hommes en maillot de bain ne doivent pas opposer une forte résistance, j'appréhendai la venue de mes Tunisiens passant prendre leur *Assabah*, qui veut dire le matin (nous avions appris à lire les titres en arabe: *Al Alam*, *Al Ahram*, *Al Ittihad Al Ichtiraki*, à quoi on s'habitue très vite, ce qui revient à décrypter machinalement un signe idéographique), tombant à la une du quotidien sur le croquis de la route empruntée par les chasseurs de Tel-Aviv avant de lâcher leurs bombes sur leur cible favorite, qu'ils ratèrent, le leader palestinien étant parti se recueillir opportunément au chevet d'un ancien ministre de Bourguiba, mais pas les civils qui logeaient dans le voisinage ou passaient malencontreusement par là, s'ajoutant aux trois plaisanciers sur la liste funèbre.

Aurait-on bombardé un quartier de Paris sous prétexte qu'il eût abrité un ennemi public numéro un du même genre, j'aurais trouvé à y redire. Je me préparais donc à recevoir les commentaires légitimement outrés de mes Tunisiens, à composer une tête de circonstance, à ne pas émettre le moindre propos qui risquerait de déclencher une nouvelle attaque de commandos palestiniens ou de chasseurs israéliens sur notre kiosque. Pour l'analyse, on verrait plus tard. Place à l'émotion. Il était encore tôt quand se présenta l'Andalou, qui ne l'était que pour moi, mais avec sa fine moustache à la Don Diego de la Vega, ses cheveux lissés en arrière, son regard sombre, ses chaussures luisantes, je l'imaginais bien le corps cambré, les poings sur les hanches et tapant fiévreusement du pied. Il me salua à la manière délicate des musulmans en portant la main au cœur, ce qui me touchait toujours au point qu'il m'arrive de reproduire ce geste quand je veux témoigner ma reconnaissance. Après un petit mot sur le temps – il faisait doux, il portait un gilet noir sans manches enfilé par-dessus une chemise blanche – il se dirigea selon son habitude vers le casier de la porte déployée où il savait trouver son journal et se saisit d'un exemplaire. Derrière mon étal je me préparais à recevoir un flot d'invectives sur Israël, comprenant bien que sur le moment il serait inutile de parler des trois plaisanciers qui n'avaient rien demandé à personne, mais voilà, on y était, *Assabah* était maintenant déplié sur la pile de magazines qui nous servait d'éventaire, dévoilant du même coup le croquis de la trajectoire fatale.

On pouvait y voir des petits avions stylisés survolant la Méditerranée, ravitaillés en plein ciel par des citernes volantes pour s'assurer du retour, et une étoile noire marquant l'impact des bombes en bordure de mer au sud de Tunis, dont les branches rayonnantes simulaient les effets d'une explosion. L'Andalou lisait l'article, hochait la tête en silence. Notre kiosque reposant sur une dalle de béton d'une trentaine de centimètres qui nous donnait une position en surplomb des clients, je pouvais voir le haut de son crâne dégarni, ses cheveux d'un noir corbeau, lustrés par la brillantine, parfaitement lissés en arrière. Mon Dieu, pourvu que des membres de sa famille n'aient pas eu la malencontreuse idée d'habiter sous l'une des branches de l'étoile. Je m'apprêtais à encaisser l'effet de sa fureur froide, me demandant si dans de telles circonstances on devait user d'une formule de condoléances et l'assurer de la solidarité des marchands de journaux de la rue de Flandre, mais l'Andalou parla, ce qui stoppa instantanément le tournoiement de mes pensées. Ils ont des couilles, dit-il.

Visiblement on peut être élégant et s'autoriser à parler crûment quand la situation l'exige. J'avais tout imaginé sauf ça, cet hommage à l'assaillant, qui me laissa pantois. Dans l'esprit de mon commentateur cet acte de guerre était la seule réponse digne, quelles que fussent les conséquences, à l'affront subi. Comme si agresseurs et agressés partageaient la même conception d'un code d'honneur sur lequel au moins ils étaient en mesure de s'entendre. Ce qui ne correspondait évidemment pas à ce que j'avais déjà eu l'occasion de lire ici ou là dans la presse française depuis l'attaque aérienne avant que les journaux du Maghreb n'arrivent avec leur jour de retard. Mon Andalou apportait une dimension qui avait échappé aux éditorialistes. Et ce qui parlait à travers lui, c'était un état d'esprit pas tout à fait conforme à ce que, vu d'ici, avec cette habitude que nous avons de tout juger par un prisme qui n'est que le nôtre, on en attendait, que personne n'eût songé à formuler, surtout pas dans ces termes, et qui m'éclaira bien mieux que tous les commentaires convenus ressassés en boucle d'un quotidien à l'autre. Ce qui disait que toute main tendue, tout outrage non lavé, était considéré comme un aveu de faiblesse, à quoi souscrivaient les « faucons » de tous bords. Par la suite, grâce à sa remarque, j'eus moins de raisons de m'étonner. Sa clé en valait bien d'autres.

Selon l'arrivage des catastrophes, comme le monde entier débarquait à notre kiosque, je bénéficiais ainsi des éclairages de ceux qui savaient de l'intérieur et plus justement de quoi il retournait. Pour l'immense majorité, s'ils étaient ici, ce n'était pas pour la mode, la tour Eiffel ou les macarons de Ladurée. Ce n'était tout simplement plus vivable au pays natal. Partis pour cause de misère, ou de guerre, ou de privation de liberté, ou de manque d'espérance, mais presque jamais de gaieté de cœur. Selon les situations, certains avaient des velléités de retour, mais pour la plupart, ils avaient posé leurs valises à Paris, comprenant que désormais leur vie était là, se passerait là, que leurs enfants étaient des Parisiens et que si la famille s'en retournait au pays d'origine, ce serait au tour des enfants d'être des exilés.

J'apprenais beaucoup de leurs commentaires agacés ou désabusés quand ils démontaient devant moi les analyses des prétendus spécialistes de l'actualité étrangère, me prouvant par A+B que ce qu'ils racontaient ne tenait pas debout. Comme ce camp palestinien assiégé au Liban, où l'on nous annonçait qu'une terrible famine sévissait, les articles de jour en jour nous préparant à une vision de cauchemar où des squelettes ambulants sur fond d'empilement de cadavres accueilleraient les journalistes reporters horrifiés, comme si on n'en finissait pas de vouloir rejouer la tragédie des camps, comme si on cherchait sur quelle nouvelle tête déposer la palme du martyre, ce qui au passage consistait aussi à refiler la culpabilité aux anciennes victimes. À quoi un Beyrouthin familier du kiosque, ingénieur ou professeur, lecteur du *Monde* ainsi que de *L'Orient Le Jour*, décryptant ce qui lui semblait un ramassis d'âneries et de contre-vérités, opposait un haussement d'épaules consterné, m'expliquant que c'était tout simplement impossible, parce que la configuration des lieux, parce que l'accès à la mer, parce que les trafics, parce que les tunnels, et de fait, quand le camp tomba, on n'eut heureusement à déplorer aucun mort de faim, la presse entre-temps s'étant dépêchée d'oublier son scénario apocalyptique, dépitée, semblait-il, de n'avoir pas un nouveau Sabra et Chatila à dénoncer.

À tous, Libanais, Cambodgiens, Yougoslaves, Marocains, Algériens, Chinois du Vietnam et du Cambodge, Argentins, Turcs, Tunisiens, Égyptiens, Africains, l'actualité finit par donner raison. Ils étaient mes envoyés spéciaux. Comme ce jeune Marocain qui avait une petite entreprise de transport qui se réduisait à lui et son camion, revenu d'un séjour à Casablanca où la présence policière l'avait atterré, et concluant que sa vie désormais était ici. Je leur dois de ne pas prendre pour argent comptant les avis avisés des experts en tout, se chargeant avec la même gravité de nous éclairer d'un jour à l'autre sur la stratégie secrète de la Corée du Nord, les dessous du saut à l'élastique, les secrets d'un chef étoilé, les réacteurs de la nouvelle génération ou les méfaits de la cocaïne sur le flair des traders, concluant invariablement leur analyse par et voilà pourquoi votre fille est muette, ce qui ne fait qu'ajouter une couche de prétention à la bouillie sonore permanente de leurs analyses qui n'ont d'autre but que de conspirer contre le silence. Je leur dois surtout, à mes conseillers personnels de la rue de Flandre débarqués des quatre coins du monde, de donner définitivement ma préférence à celui qui parle « en connaissance de cause » comme le disait Camus de la misère dans sa préface à *La Maison du peuple* de Louis Guilloux. En veillant à ne pas oublier que ce principe vaut aussi pour moi.

La guerre en Yougoslavie, de la même façon, en exagérant à peine, je pourrais avancer qu'elle a commencé devant le kiosque. Le pays était alors considéré comme une enclave privilégiée au sein du bloc de l'Est, sinon le paradis du communisme triomphant, du moins une version plus compatible avec l'idée qu'on se fait d'ordinaire de la liberté. Qui plus est, selon la propagande, on y pratiquait l'autogestion. Une conception particulière de l'autogestion avec un parti unique et un chef décidant de tout, ce qui n'empêchait pas les experts de se pâmer devant ce miracle d'une démocratie véritablement populaire. « Autogérer sa propre misère », m'avait répliqué mon cousin Jean, la tête pensante et agissante de mes « Sudistes », alors que je feignais d'y voir une solution à la question du pouvoir, parce que j'avais vingt ans et qu'il fallait bien que je me raccroche à quelque hochet politique dans une période où il était préférable de manifester son intérêt pour la révolution, mais de ce moment le mot prit pour moi un sens un peu différent, derrière lequel j'entends le ricanement de la haute finance. Vu d'ici le pays était considéré comme supportable, sans qu'on eût jugé bon de demander aux Yougoslaves eux-mêmes s'ils supportaient.

Et plutôt non, selon mes informateurs du 19e arrondissement, pour beaucoup des hommes costauds, pas du genre à se laisser marcher sur les pieds, travaillant souvent dans le bâtiment où on les imaginait déplacer les parpaings à deux doigts, et dans l'ensemble peu pressés de s'en retourner au pays en dehors d'un mois de vacances. Comme m'avait dit l'un d'eux, une armoire à glace à l'épaisse moustache poivre et sel, sorti tout droit des pages du *Sceptre d'Ottokar*, pour qui l'expression avoir des mains comme des battoirs avait sans doute été inventée, et à qui je demandais s'il n'avait pas la nostalgie de son village du Monténégro : moi ici, eux là-bas, trrrès bien comme ça, avec cet accent que j'ai reconnu dans la bouche d'un entraîneur serbe à qui on demandait un commentaire sur le match joué par son équipe et lâchant dans une syntaxe elliptique : joueurs trrrès bons, en roulant les « r ».

Était-ce le discours ressassé depuis leur enfance contre les méfaits du capitalisme, ou l'expression d'un fondamentalisme slave, ils avaient en commun de manifester une sorte de mépris pour l'argent.

Au moment de régler leur journal ils plongeaient la main dans la poche, en ressortaient une poignée de pièces et de billets, nous incitant sans un regard à y prélever notre dîme, et rempochaient la monnaie sans se donner la peine de vérifier quand la plupart des clients se montraient attentifs à ce qu'on leur rendait. Leur centre d'intérêt se concentrait sur l'arrivage du mardi – leurs quotidiens, comme tous les étrangers, parvenant avec un jour de retard – et donc sur les journaux du lundi où était recensée l'actualité sportive du week-end. Ce jour-là, le mardi, il valait mieux ne pas trop tarder si on guettait les résultats du championnat yougoslave. Nous sommes encore dans la préhistoire de l'information, et à moins de capter Radio Belgrade en ondes courtes dans un grenier à l'aide d'une antenne bricolée sur le toit de l'immeuble, il n'y avait pas d'autre solution que d'attendre l'arrivage de la presse.

On avait beau exiger que ce jour-là on double la quantité de journaux, remplir des bordereaux à cette fin, indiquer le nombre d'exemplaires reçus et celui demandé (P. à son habitude forçant sur la note), rien à faire, le mardi, c'était pénurie. Aux mécontents, repartant bredouilles, qui nous suggéraient sur un air amical de reproche d'augmenter le nombre de quotidiens, nous expliquant que c'était pour notre bien, que nous ferions davantage d'affaires, comme s'ils se souciaient d'abord de notre manque à gagner, nous n'avions d'autres ressources que de montrer, preuve à l'appui, les bordereaux de commande qui restaient lettre morte, ce qui était l'occasion de commentaires revanchards sur les planqués des bureaux s'épuisant à ne rien faire, quand nous nous étions des travailleurs de force, levés à l'aube et œuvrant dans le froid. Ce qui eût été aussi l'occasion d'entonner un couplet sur les révolutions qui se perdent si nos « Yougos » ne s'étaient montrés plutôt réservés sur les bienfaits de l'économie planifiée et de la dictature du prolétariat.

Nous avions bien remarqué que les journaux de Zagreb et Belgrade n'usaient pas des mêmes caractères, latins pour les uns, cyrilliques pour les autres, mais ils avaient en commun d'avoir un papier de mauvaise qualité, une impression baveuse et des photos d'un pointillisme gris sale sur lequel on avait toujours du mal à distinguer l'activiste pro-serbe se jetant sur l'archiduc à Sarajevo ou n'était-ce pas plutôt un usager tendant son billet au contrôleur avant de monter dans le bus, ce qui nous renforçait dans l'idée convenue de la médiocrité de toute production venant de l'Est, hormis les Chœurs de l'Armée rouge et les nageuses est-allemandes. Mais pour nous qui veillions déjà à ne pas mélanger les nationalités, à ne pas tendre un journal algérien à un Tunisien, cyrillique ou latin, c'était bonnet blanc, blanc bonnet. D'autant que, si les caractères variaient, la langue, selon les explications qu'on obtenait, à quelques nuances près, était la même et ne les empêchait pas de communiquer entre eux. On renvoyait pêle-mêle les demandeurs au rayon «yougo», juste en dessous des quotidiens en langue arabe, chacun se servant selon ses habitudes de lecture.

Funeste erreur. Les uns et les autres avaient un geste qui ne manquait pas de nous alerter quand, faute de journaux dans leur alphabet communautaire, désireux malgré tout de connaître le résultat de leur club favori, ils devaient, contraints et forcés, se rabattre sur l'autre écriture. L'amour du football étant le plus fort – pour ce qui était des scores et des classements on ne notait pas de variantes, cyrillique et latin s'en remettaient aux mêmes chiffres –, ils sortaient du bout des doigts le journal de son casier et le déposaient comme du linge sale sur notre étal de magazines, à quoi nous comprenions que la même langue dans d'autres caractères ne leur parlait pas de la même façon, ne disait peut-être pas la même chose. Au début on aurait pu attribuer ce geste précautionneux à la mauvaise qualité de l'impression, à l'encre déteignant sur les doigts (nous avions les mains noires à la fin de la journée), mais la mimique qui l'accompagnait ne laissait pas de doute sur l'interprétation: elle était manifestement destinée à exprimer une nuance de mépris pour ceux qui n'écrivaient pas pareil. À nous de comprendre qu'on ne mélange pas impunément les torchons serbes et les serviettes croates.

Il était clair que tous nos Yougos ne souhaitaient pas être mis dans le même panier. Les uns et les autres se livraient à un curieux ballet quand d'aventure deux rivaux, serbe et croate, se présentaient en même temps devant le kiosque, l'un demeurait à l'écart, attendant que l'autre se serve avant lui-même de s'avancer. Ce qui aurait pu passer pour une forme de courtoisie mais, courtoisie pour courtoisie, pourquoi ne pas échanger un mot avec un compatriote ? Ils venaient tous deux pour la même raison, le sujet de conversation se serait imposé de lui-même. Le Partizan Belgrade ayant été étrillé par le Dynamo Zagreb, ou inversement, on pouvait débattre de la valeur respective des joueurs ou contester l'option tactique de l'entraîneur (« joueurs trrrès mauvais »), mais en fait le score n'était pas l'enjeu unique. Ce manège se reproduisant, et qui n'était pas lié seulement à l'inimitié entre deux personnes, nous demandâmes quelques éclaircissements qui pour l'essentiel nous apprirent qu'entre les deux groupes linguistiques, ce n'était pas l'entente cordiale.

Nordistes contre Sudistes, Chouans contre Bleus ? Un peu plus compliqué, semblait-il, mais le grand Macédonien blond aux cheveux bouclés que j'appelais Alexandre – pas à chercher bien loin, c'était son sosie, et je n'en revenais pas que les gènes aient pu se repasser à l'identique depuis deux mille trois cents ans –, au retour d'un séjour dans sa famille à l'occasion de vacances d'été, me confirmait que la situation se dégradait entre les communautés, me décrivant des scènes de répression violente, des villageois pourchassés, se réfugiant dans la forêt que l'on bombardait de pigments de couleur afin de reconnaître les embusqués au moment de leur sortie des bois, des informations tellement énormes qu'il semblait impensable qu'on n'en fît pas mention dans nos journaux. Mais non, on avait beau éplucher la presse nationale, pas une ligne. Elles viendraient plus tard, quand il serait trop tard. Avertis que *Politika* était le journal des nationalistes serbes dont un habitué nous avait traduit quelques lignes véhémentes d'un éditorial, nous regardions d'un autre œil son lecteur fidèle, un petit homme sec auquel, à l'effet compressé de sa mâchoire, il devait manquer pas mal de dents, ressemblant à Joseph Delteil, qui nous saluait en partant d'un « au rrrevoir » en agitant son quotidien, le seul mot de français appris en trente ans, quand son épouse, grande, charpentée, avec laquelle il formait un couple à la Dubout, et de qui nous avions appris certaines choses de leur vie, le parlait parfaitement, se moquant de l'addiction de son époux quand elle venait prendre son journal à sa place. Ce qui était peut-être une façon d'en contester le contenu.

Sans doute s'était-il enfermé dans son exil, l'avait-il voulu étanche pour communier pleinement dans le souvenir de la mère patrie. Mais trente ans d'une vie entre parenthèses, ça semblait un peu idiot. D'autant plus si la résolution de sa mélancolie ne trouvait de consolation que dans les massacres en série. Avant même que la tension ne dégénère en état de guerre entre les communautés, Alexandre de Macédoine m'avait confié qu'il réfléchissait à demander la nationalité française et pour les mêmes raisons que pour le jeune transporteur marocain. Ses enfants étaient nés en France, et il n'avait pas envie de les voir partir se battre pour des motifs qui relevaient de vieilles rancœurs. Et puis il faisait ce simple constat que leur vie à présent était ici. J'espère qu'on la leur a accordée à tous.

Sur les malaises du monde, le même manège d'évitement se reproduisait entre un Cambodgien et un Chinois du Cambodge, lequel lisait chaque jour le *Sing-Tao*, le quotidien de la diaspora chinoise, que le Khmer pointait avec morgue, du même geste de rejet dédaigneux que nous avions vu à nos Yougos, quand lui s'était mis au *Parisien* (faute de journaux dans sa langue peut-être) mais par là manifestait sans doute qu'il s'était sinon intégré du moins qu'il jouait le jeu de son pays d'accueil. Tous deux avaient pourtant affronté les périls de la mer de Chine pour fuir la démence dévastatrice de Pol Pot, mais visiblement pas sur les mêmes embarcations misérables. Où l'on comprenait que les aversions ancestrales étaient aussi du voyage. Je ne sais plus lequel des deux mettait en avant, comme un gage de supériorité, le fait que leurs enfants étaient mieux éduqués, poussaient plus loin leurs études.

Je me rappelle seulement que le petit Mo, le lecteur du *Sing-Tao*, qui avait en permanence une cigarette au bec, ce qui surprenait dans un visage d'enfant, ce qui lui donnait l'air d'un gamin des rues de Bogotá précocement grandi, s'était félicité que dans son restaurant, à Neuilly, il eût accueilli le capitaine de l'équipe de France de rugby, Paparemborde, je crois, qui avait apposé son contentement et sa signature sur le livre d'or, en quoi il voyait le début de la fin de son long tunnel financier, s'imaginant peut-être recevoir dans son sillage toutes les équipes de rugby de la planète, à qui il n'en finirait pas de servir des plats tant ces jeunes gens gloutons ne se contenteraient pas des portions tenant dans un bol. Mais ce qui n'avait pas suffi, cet éloge, le restaurant avait bientôt fermé, Mo m'avouant être redevenu simple serveur dans un autre établissement chinois. Et je voyais ses yeux s'embuer sous sa mèche de petit garçon derrière la fumée montante de sa cigarette.

Si notre kiosque n'était pas à l'abri des turbulences du monde, chacun s'efforçait de mettre de côté ses ressentiments et ses antipathies. L'esprit de concorde l'emportait. De temps en temps on voyait passer un énervé qui lançait un flot d'imprécations, rentrait dans le kiosque, lisait à haute voix quelques titres en tirant sur un journal et concluait à l'attention du marchand que tout ce qu'il vendait c'était pff il n'avait pas de mots, et laissait le journal bouchonné dans son casier avant de repartir vers son destin agité. Il ne restait plus après son passage qu'à défroisser le quotidien malmené et le remettre en place. Dès lors qu'on avait compris que celui-là n'était pas dangereux, personne ne se formalisait, on s'accordait sur le diagnostic, en gros que ça ne devait pas aller très fort dans sa vie. D'ailleurs bien vite il disparaissait. À Charenton, sans doute, « chez les fous », comme le précisait Artaud, tapant de sa canne sur le toit d'un taxi et demandant qu'on l'y ramenât sous les yeux d'Henri Thomas médusé.

Tous avaient plus ou moins adopté – les nouveaux arrivants s'y mettant assez vite – cette façon d'être parisienne qui trouve à tourner les inconvénients de l'existence en dérision, à minimiser les coups du sort, en veillant à ne pas donner le sentiment d'être une plainte ambulante : il y a plus grave, il fait beau ou ça ira mieux demain, avant de s'en retourner le poids d'une contrariété jeté sur les épaules. Il était entendu que ce court passage au kiosque devait s'accompagner d'une manifestation de bonne humeur. Comme à la repartie du grand Berbère sous l'averse, ça pourrait être pire il pourrait pleuvoir, j'ai souvent éclaté de rire suite à une réplique impromptue. Certains plus tard ont consigné en recueil ces saillies de bistrot où se manifeste un humour qu'il faut bien qualifier de populaire et qui est d'une inventivité surprenante. Les piliers de comptoir sont des contemplatifs qui ont tout le temps d'observer et de laisser tourner leurs pensées, ce qui est interdit aux gens pressés qui prennent leurs quotidiens au vol, mais une journée au kiosque avait aussi sa cueillette de mots drôles. J'aurais été bien avisé de les collecter. Mais je ne crois même pas y avoir pensé. Je considérais alors qu'écrire n'était pas un travail de greffier, et la haute fonction que j'assignais à la littérature n'était pas prête à recevoir ces perles de la rue. Non par dédain, ils me rendaient souvent admiratif, mais les critères de mon visa d'entrée en poésie étaient sévères qui passaient au tamis le vocabulaire et n'en retenaient que les mots épurés. Ce fut l'essentiel de mon travail de les adoucir. C'est précisément au kiosque, au cours de ces sept années, que s'est opérée cette transmutation. Laquelle consistait à admettre ceci, qui ne se réalise pas du jour au lendemain mais est un long processus : il n'y a pas de choses viles (et on ne parle pas des actes vils) sinon par le regard qu'on pose sur elles. Dès lors on peut déposer comme offrande dans le temple poétique toute une brocante d'indésirables au rayon des précieux : une 2 CV bringuebalante, des verres Duralex modèle Picardie (à côtes) ou Gigogne, un dentier en or, ou la statuette d'un Joseph en plâtre portant son enfant adoptif sur le bras.

D'ordinaire les habitués ne s'attardaient pas, le kiosque est un lieu de passage, un ravitaillement en vol, mais il arrivait pour avoir saisi une bribe de conversation que l'un d'eux marque un arrêt et éprouve le besoin de se glisser dans la conversation pour apporter son avis ou son témoignage. Surtout quand Jean-Robert était présent qui avait le verbe fort et des opinions politiques tranchées (il était membre de la cellule du parti socialiste du 19e arrondissement). Il avait la particularité d'avoir eu deux pères, dont l'un, second mari de sa mère, qu'il appelait papa – pour l'autre il disait mon père –, avait été sénateur communiste et assez influent semble-t-il. Le degré d'influence se traduisait pour les enfants par l'envoi en colonie de vacances, l'été, dans un pays frère. Quand le père était proche du sommet de la hiérarchie on avait droit au saint des saints, à un séjour en Union soviétique. Les vacances en Allemagne de l'Est ou en Bulgarie, c'était pour les apparatchiks. Jean-Robert avait ainsi séjourné à Yalta, ce qui m'évoquait moins la conférence tripartite qui découpa l'Europe façon puzzle, que Tchekhov venant y soigner ses poumons malades, mais le jeune garçon n'était pas à un âge où l'on s'intéresse au bon docteur des pauvres et des cholériques, à *La Cerisaie*, *La Mouette* et aux *Trois Sœurs*, il se souvenait surtout – et là il faut l'imaginer avec son sourire, la bouche en coin – des filles.

Cette enfance hautement politisée avait laissé des traces. Régulièrement il se fendait d'un texte dans la revue confidentielle de sa cellule, qu'il me donnait à lire, ayant appris que j'écrivais, moins pour juger de sa pertinence que de sa qualité littéraire, ce qui me surprenait toujours, ce crédit qu'on m'accordait, sur la seule foi d'une rumeur. Il s'appliquait visiblement, remettait cent fois sur le métier son ouvrage, et sans même qu'il me confie sa manière de procéder, je n'avais pas de mal à l'imaginer devant sa page, raturant, empilant, et insatisfait du résultat, froissant sa feuille de papier et la jetant à la corbeille, avant d'en reprendre une autre et d'attaquer d'un ton véhément, du style

« nul ne nous fera croire », alors qu'il n'est jamais bon de commencer par une négation quand on veut convaincre. Ces traces de labeur sont comme des stigmates du supplice de l'auteur dans le texte. On le repère à une tournure de phrase, un mot choisi pour son côté pimpant quand un synonyme plus ordinaire et venant spontanément à l'esprit ferait mieux l'affaire, et d'ailleurs on ne voit que lui, ce mot ordinaire en filigrane sous le mot clinquant, ce qui ruine l'effet de chic poétique recherché. Il n'y a pas besoin d'être féru en écriture. Tout lecteur remarque que dans les dialogues convenus, à l'ancienne, tiret, à la ligne et ponctués par « dit-il », l'auteur a pour unique souci de ne pas se répéter, s'avisant alors de terminer chaque réplique par maugréa-t-il, marmonna-t-il, soupira-t-il, vociféra-t-il et on sait bien que son personnage ni ne maugrée, ni ne marmonne, ni ne soupire, ni ne vocifère, on se dit surtout qu'il n'a rien d'essentiel à nous dire, sinon qu'il lui faut en passer par là, et on a l'impression de voir à chaque fin de phrase les gouttes de sueur tomber du front de l'auteur sur la page.

Visiblement Jean-Robert tenait beaucoup à donner de lui une image plus littéraire quand son quotidien, cinq fois par semaine et onze mois par an, avant qu'on le congédie et qu'il ne rejoigne nos désœuvrés, se passait à faire des comptes dans le lobby des sucriers, m'expliquant que le sucre bien dosé n'était pas si mauvais que ça pour les dents, ce qui montre qu'il ne travaillait pas en vain. Mais une vocation tardive, le sucre. Il avait dans sa jeunesse participé à la création d'une maison de distribution pour les petits éditeurs, principalement de théâtre qui était sa passion. Il m'avait entraîné un soir voir une pièce de théâtre, sa femme s'étant désistée au dernier moment, il bénéficiait d'une place qu'il m'offrait. Il avait dormi pendant toute la pièce, et à la fin, il avait quand même un avis sur ce qu'il n'avait pas vu. Et comme je n'étais pas d'accord, mais enfin Jean-Robert, tu dormais, oui, mais ça n'empêchait pas d'avoir un avis.

Il avait le don de prendre les clients du kiosque à témoin de ses emportements politiques, ce qui provoquait chez les pris en otage soit un désir de fuite, je les voyais chercher une échappatoire, une porte dérobée derrière les magazines, une trappe sur le trottoir, prétexter du lait sur le feu, ou un enfant à récupérer à la crèche, soit de plonger dans la discussion pour apporter soutien ou contradiction, ce qui était risqué dans le second cas. Jean-Robert-le-diable montait alors sur ses grands chevaux, son verbe s'élevait, son bras droit s'agitait et décrivait des courbes dans l'espace. Pour appuyer ses propos, il sortait de leur étui des lunettes de presbyte à la Trotski (ce qui lui rendait son âge, bien qu'il ne le fît pas), que dans sa précipitation il chaussait de travers, de sorte qu'il pouvait lire d'un œil les lignes incriminées d'un article et de l'autre surveiller les réactions des otages par-dessus son verre. Le point culminant de sa démonstration se situait quand il apostrophait son contradicteur en lui lançant mon pote (exemple, je te souhaite bien du plaisir, mon pote – quand ils s'ignoraient dix minutes avant), à partir de quoi on pouvait s'attendre à une sentence définitive (rira bien qui rira le dernier) et un départ fulminant, le bras dressé, dont on ne savait s'il nous saluait ou nous incitait à poursuivre la lutte. Et on le voyait disparaître dans le passage de Flandre, son imper couleur mastic soulevé par l'appel d'air entre les tours. Il resurgissait le lendemain un grand sourire barrant son visage incroyablement juvénile, l'énergie intacte, prêt à affronter d'autres moulins à vent.

N'étant pas bousculés par leurs agendas respectifs, il arrivait souvent à Norbert et notre Chirac d'assister muettement aux échanges, serrés comme deux sans-abri dans un angle du kiosque, moins sensibles aux arguments qu'à la joute elle-même, paraissant compter les points et attendre le moment de sauter sur le ring, un seau à la main, pour passer une éponge humide sur le visage de leur champion. Quand les propos devenaient plus vifs ils me lançaient un clin d'œil appuyé d'un air rigolard, du genre, ça barde, hein ? jusqu'à ce que l'un d'eux choisisse de rentrer dans la discussion et d'apporter sa contribution irréfutable à la controverse par une remarque frappée à on ne sait quel coin du bon sens et qui laissait les débatteurs pantois (notre Chirac lançant : « c'est pas toujours celui qui », laissant le reste de sa pensée en suspens), les obligeant à quelques secondes de réflexion, après quoi, tension brutalement retombée par l'acuité de l'intervention, il était difficile de reprendre le fil de son discours. Et puis il était toujours l'heure de partir si on se trouvait à court d'arguments ou pour éviter que la conversation ne dérive. Le jeu n'en valait pas la chandelle. Une exaltation passagère sans grande conséquence.

Si j'ai le souvenir de quelques clashs sur des questions plus épineuses de politique, la plupart du temps les uns et les autres finissaient par tomber d'accord. Pour se débarrasser d'une conversation encombrante qui au fond n'avait que peu de liens avec leurs vies, mais aussi parce qu'ils n'avaient qu'à se regarder dans le miroir de l'autre. Qu'est-ce qui les différenciait vraiment ? S'ils étaient dans ce quartier qui ne passait pas pour cossu, c'est qu'ils ne devaient pas être si dissemblables, socialement parlant. La différence entre eux, ils ne la percevaient même pas. La différence était à des années-lumière, c'est-à-dire à quelques stations de métro de la rue de Flandre, vers les beaux quartiers. En tête à tête avec le vendeur de journaux, les propos perdaient de leur véhémence de la veille, mis sur le compte d'un emballement collectif. Le mot de Chateaubriand dont la lecture des *Mémoires* accompagna pour moi toutes ces années avec la correspondance de Flaubert, commençait à acquérir une certaine pertinence quand je l'avais d'abord jugé contre-révolutionnaire : « En politique la chaleur de mes opinions n'a jamais excédé la longueur de mon discours. » Ce qui surprenait parfois, venant de tel ou tel, pas tout à fait en accord avec l'idée que par la lecture de son quotidien on s'en faisait.

Devant témoin, l'abonné à *L'Humanité* avait à cœur de soutenir la ligne du journal, mais sitôt l'interlocuteur en allé, il se montrait plus mesuré. Parfois le décalage était si grand que je ne parvenais pas à découvrir le lien entre le quotidien et les convictions de son lecteur. J'en concluais que le geste machinal d'attraper le journal relevait de la fidélité autant que de la force de l'habitude. Certains se livraient même à un curieux exercice qui consistait à compiler des journaux ou magazines de tendances opposées, ceux, méfiants, qui pensaient qu'on leur cachait la vérité et qu'il n'y avait que de cette façon qu'on pouvait, par la confrontation des contraires et la pratique d'un juste milieu, se forger sa propre opinion. Parfois je me demandais si les acheteurs étaient bien conscients de l'écart idéologique entre les revues qu'ils me tendaient pour que je me charge de l'addition. Mais ça ne semblait pas être aussi important à leurs yeux. Et peut-être avaient-ils raison, que d'écart il n'y avait pas tant que ça, qu'en dehors des effets de manche et des positions outrées les divergences n'étaient pas aussi tranchées qu'on le donnait à croire, de sorte aussi qu'on pouvait deviner que le brouillage politique était déjà entamé et le processus vital de la presse engagé. L'un n'allant sans doute pas sans l'autre.

À la décharge de ceux-là, qui ne croyaient plus dur comme fer à ce qu'ils lisaient, les temps étaient aussi en train de basculer. La grande poussée qui avait conduit les socialistes aux commandes de l'État un soir de mai 1981 s'était retournée contre eux. Deux ans après leur prise de pouvoir, au moment où P. recevait la gérance de notre kiosque, l'heure était à la révision des dogmes. La croissance mondiale annoncée et attendue comme ses frères guettés du haut de la tour par la dernière épouse de Barbe-Bleue n'avait pas été au rendez-vous. Or, selon une espèce de Cagliostro, un voyant extralucide dans une roulotte de luxe que consultait et écoutait le prince, c'est cette croissance venue de l'Amérique honnie qui devait prendre le relais de la politique de relance que ce visionnaire de salon avait initiée et qui avait vidé les caisses, un peu comme un trapèze volant mal coordonné, mais sans filet pour recevoir le malheureux ayant raté son rendez-vous avec la barre salvatrice après une pirouette dans le vide.

Le trapèze américain n'arrivant pas, les finances du pays à terre, il avait fallu renoncer aux vieux mots d'ordre hérités de plus d'un siècle de combat, de la nationalisation du crédit à la rupture avec le capitalisme, au prix d'une reculade des idéaux maquillée sous la rhétorique habituelle, main sur le cœur, croix de bois croix de fer, d'une adaptation aux circonstances qui ne changeait bien entendu rien à l'objectif initial : le soulagement des misères et l'application des lois de justice. Pour le changement, si ç'avait jamais été d'actualité, c'était de toute façon trop tard. S'échouaient sous nos yeux les bris d'une utopie qui avait accompagné deux siècles et que la chute du mur de Berlin allait symboliquement solder. Cet écroulement ne signait pas seulement la fin d'une guerre idéologique vieille de quarante ans qu'on appelait guerre froide à condition de ne pas se trouver aux points d'affrontement beaucoup plus chauds des deux blocs, par nations interposées, au Vietnam, en Angola, au Chili, mais plus encore le renoncement à une espérance collective. Commençaient, au nom d'un principe de réalité qui n'était que la réalité de fer des puissances financières, les tristes années Reagan et Thatcher.

Le plus grand élément rassembleur des communautés, plus efficace que toutes les politiques d'intégration jamais mises en place, tout en rapportant une manne colossale à l'État, c'était les courses de chevaux, où la plupart misaient au-dessus de leurs moyens, ce qui constitue même la marque de fabrique du joueur, toujours au bord d'un coup fumant raté de la longueur d'un poil de museau, mais espérant un mirifique tuyau prochain dont il entend garder secrète la source pour se refaire et au-delà. Ce qui autorisait à rêver tout haut à l'usage futur de ce trésor imminent, qui se résumait chez l'un d'eux à l'achat d'un camping-car pour se déplacer au gré des champs de courses et principalement l'été quand elles s'expatrient à Deauville et Cagnes-sur-Mer. Pour ce rétablissement financier ils comptaient sur un grand Turc, moustache et cheveux poivre et sel à la Mark Twain, chemise ouverte par tous les temps et dont j'ai oublié le nom, mais il n'y avait pas de jour sans que les fous du turf, Européens, Asiatiques et Africains, ne passent nous demander si nous n'avions pas vu Mehmet, disons. Mehmet passait effectivement prendre non pas un quotidien mais trois. Les trois quotidiens turcs que nous recevions, *Milliyet*, *Hürriyet*, *Tercüman*, étaient déjà adopté la quadrichromie quand *Le Monde* dans sa posture mi-janséniste mi-structuraliste, en tenait encore pour le texte et rien que le texte, comme si l'austérité était un gage de vérité, et la photographie et la couleur un mensonge. On sait aussi comme cette forme de mortification a correspondu à la longue période de deuil du pays après sa dégradation du rang des grandes puissances suite à l'effondrement de juin 40, ce qui, ce deuil, la mise en scène de ce deuil, fut la grande affaire des années d'après-guerre : mort du roman – du roman de la France, bien sûr –, musique expurgée de toute trace harmonique, et « gestes » architecturaux de béton brut comme autant de mausolées sur lequels la moindre touche de peinture relevait de l'hérésie. Le pays expiait sa disparition.

Le plus étrange, c'est qu'en dépit de sa réputation Mehmet ne se précipitait pas sur les parutions concernant le monde des courses. Lesquelles étaient légion, non seulement l'inévitable *Paris-Turf* (je me rappelle avoir lu dans un livre de Simone Signoret comment Jean Gabin avec qui elle tournait *Le Chat* d'après Simenon, lisait chacun matin son journal favori, et qu'un jour qu'ils attendaient qu'on les appelle, assis sur un banc, il lui avait montré, inscrit en caractères minuscules dans la liste des propriétaires de chevaux participant à une course, son nom, Moncorgé, son vrai nom, déchiffré à la loupe, ce dont il se montrait bien plus fier que de se voir placardé en lettres gigantesques sur les affiches, ce qui amusait Casque d'or), plus trois ou quatre feuilles paraissant les veilles de tiercé, comme *Le Meilleur*, *Tiercé Magazine*, *Bilto*, où apparaissait la figure d'un célèbre animateur de télévision que je m'étonnais de retrouver là, dont je me souvenais qu'il avait présenté *Intervilles* autrefois, une émission de divertissement que nous regardions, enfants, chez l'oncle Émile, opposant deux villes dont les équipes s'affrontaient dans des jeux qui à l'époque nous paraissaient franchement débiles, mais nous n'avions encore rien vu, où des jeunes gens transbahutaient des seaux d'eau sur une planche savonneuse au milieu de vachettes excitées par les raseteurs de l'équipe adverse, avant de les verser, les seaux, dans une cuve posée sur une balance qui, une fois remplie, la cuve, amenait le candidat adverse sanglé sur l'autre plateau dans un fauteuil voltaire et en livrée de valet de pied à glisser progressivement dans une gigantesque soupe de waterzooï que tous se partageraient joyeusement à la fin de la joute.

Pour les initiés, il existait de petites brochures, constituées parfois d'un seul feuillet plié en deux, que les spécialistes identifiaient au premier coup d'œil car elles avaient chacune un papier d'une couleur particulière, jaune, orange (je me rappelle que *Le Veinard* était vert – le « veinard », il faut oser tout de même), et qui avaient la particularité d'être écrites par les mêmes chroniqueurs hippiques, se cachant d'une feuille à l'autre sous un pseudonyme, de sorte qu'en donnant trois ou quatre chevaux différents dans chaque fascicule, ils étaient certains de tomber juste sous l'un ou l'autre de leurs avatars, certains d'être salués la course suivante comme le fin pronostiqueur qui avait annoncé les gagnants quand dans les autres revues le même en était à accuser un terrain trop lourd. Mais c'était visiblement de la lecture pour gogos. Ce qui n'empêchait pas ces mêmes gogos de se ruiner en presse hippique avant même de se présenter devant le guichet des parieurs. Ça me désolait de les voir compiler ce ramassis de supercheries, mais délicat de leur expliquer qu'ils pouvaient avec le même profit jouer au hasard sans tenir compte de tous ces avis à caractère permutatoire, étant déjà assurés de gagner ce qu'ils économiseraient dans l'achat de leurs brochures que leurs gains sporadiques ne remboursaient même pas. La proposition était raisonnable, qui plus est pas dans l'intérêt du kiosque, mais raisonnables, nos fous du turf ne l'étaient pas.

Mehmet échappait à cette addiction de la presse hippique. Pas du genre à acheter toutes les parutions comme nos parieurs frénétiques qui parfois revenaient après avoir parcouru une centaine de mètres, du genre où avais-je la tête, parce qu'ils avaient oublié de prendre la feuille rose, là, dans le coin, derrière *Le Veinard*. Épisodiquement il s'accordait un *Paris-Turf* qu'il ajoutait à sa farandole de quotidiens turcs, donnant plutôt l'impression d'un joueur épisodique, comme d'autres remplissent à l'impromptu une grille de loto, comme il arrive qu'un soir on se débouche une bouteille de vin. De sorte que j'ai été étonné quand on m'a expliqué la raison pour laquelle ils étaient si nombreux à le rechercher. Et du coup mieux compris son désintérêt pour les publications. Il était sans doute trop bien avisé des mœurs du milieu pour accorder le moindre crédit à ces aboyeurs qui se vantaient d'une fois sur l'autre d'avoir annoncé le vainqueur en treize chevaux. Toute cette cour autour de lui ne paraissait pas l'impressionner. Il demeurait distant, courtois, ne relevait qu'à peine les messages que je m'étais engagé à lui transmettre. Comme s'il y avait erreur sur la personne. S'il était le grand manitou du turf qu'on courtisait dans le quartier, ce n'est pas de lui qu'on l'apprenait. Ni vantard, ni hâbleur. Je me demandais même s'il fréquentait jamais les champs de courses.

Officiellement, il tenait un atelier de couture clandestin. De temps en temps, à sa farandole et éventuellement son *Paris-Turf*, il ajoutait deux ou trois catalogues de *Burda*, un magazine allemand, où l'on trouvait, glissés dans la reliure, des patrons de vêtements sur une gigantesque feuille de papier pelure qui gonflait le magazine et, dépliée, ressemblait à la planche à dessins d'un avionneur hésitant sur les modèles de voilure, et où s'entremêlaient des centaines de lignes inextricables, laquelle feuille suspendue à une cimaise dans une galerie rivaliserait avec n'importe quelle œuvre d'art contemporain entre Twombly, Dubuffet, Van Vogt, Dotremont et autres traceurs de lignes. Chaque patron comptant plusieurs modèles enchevêtrés, il fallait une grande pratique pour se repérer dans ce fouillis graphique et, une fois les pièces reportées sur du papier calque, découpées et reproduites sur le tissu, ne pas coudre sur une robe la manche appartenant à une veste. La grande majorité des hommes du quartier se montrait incapable d'acheter ce type de revues sans se fendre d'explications où l'on apprenait qu'évidemment ce n'était pas pour eux, c'est pour ma femme, ou pour la « patronne », comment ça s'appelle déjà, tu dois savoir, petit, *Berna* ? *Burma* ? quelque chose comme ça. Voilà, *Burda*. Mais Mehmet n'avait pas besoin de ce genre de rhétorique alambiquée, il jetait un œil sur le présentoir des patrons, et s'il en repérait de nouveaux, avec la même largesse que pour ses quotidiens, dévalisait le rayon.

D'ordinaire c'étaient les femmes qui s'inquiétaient si *Burda* était arrivé. N'ayant pas le budget de Mehmet, elles demandaient à feuilleter au préalable le magazine, et avec notre accord ne l'achetaient que si elles y avaient trouvé leur bonheur. J'avais demandé à l'une d'elles comment elle se retrouvait dans l'embrouillamini des lignes. Elle m'avait patiemment expliqué dans son français de fraîche date les différentes couleurs, les pointillés, les lignes plus épaisses, les codes, les chiffres. Si je m'y intéressais ce n'était pas pour jouer à Diderot visitant les manufactures avec l'idée de transmettre ce savoir-faire au plus grand nombre. À ma façon, je remontais le temps. Ma part maternelle vient de là. Sur la fin de sa vie notre mère aurait bien troqué son magasin de belle vaisselle contre un commerce de draps et de nappes. À son habitude elle déplorait de ne pas avoir dix ans de moins pour se lancer dans une nouvelle aventure commerciale, quand ce n'était pas son genre, reproduisant méthodiquement les mêmes gestes jour après jour, mais c'était sa manière, ce désir de confection, de renouer avec son enfance qu'elle avait obstinément refoulée en quittant famille et commune pour suivre notre père.

Cette façon qu'elle avait d'éprouver en connaisseuse la qualité d'un tissu en le frottant doucement entre ses doigts, on sentait bien que la porcelaine et le cristal étaient une culture d'importation, un apprentissage, même si elle faisait autorité dans le canton et au-delà où elle avait fini par s'imposer comme la référence en matière de listes de mariage. Il y a dans mon immeuble parisien un minuscule logement que des parents avaient loué pour leur fille étudiante. Me croisant dans l'entrée ils m'interrogèrent sur le quartier, ses commerces, son degré de sécurité, avant qu'elle ne s'y installe. J'appris ainsi qu'ils étaient de ma région natale, et de fil en aiguille d'une petite ville près de Campbon, et en affinant, qu'ils avaient déposé leur liste de mariage dans le fameux magasin de vaisselle qui était une caverne d'Ali Baba, tenu par une dame charmante, compétente, incroyablement honnête, sur quoi j'en profitai pour caser qu'accessoirement cette dame était ma mère, avec un sentiment de fierté que cette rue parisienne résonne de son nom.

Cette réputation, elle la devait à un travail acharné pour s'approprier le pauvre héritage paternel qui, après la mort de son grand homme, notre père, constituait son unique ressource au moyen de laquelle elle aurait à élever ses trois enfants. Nous la ressentions un peu comme une exilée. Elle, ce n'était pas la vaisselle, mais le magasin de draps de Riaillé, l'atelier du tailleur, les tournées avec son père dans les villages voisins chez les particuliers où elle notait sur un carnet les indications qu'il lui donnait tandis qu'il prenait les mesures en vue d'un costume de noce ou de deuil. À l'émotion quasi proustienne de ses souvenirs (Préfailles, une petite station balnéaire de la côte atlantique, était son Balbec), à son visage détendu, souriant, quand elle les évoquait, on pouvait penser que son enfance avait été heureuse, et donc un peu triste ce qui avait suivi et que la tragédie qui s'était abattue sur elle un lendemain de Noël n'avait fait que confirmer ce fourvoiement de sa vie.

Ce à quoi me renvoyaient ces femmes qui continuaient dans le quartier de la rue de Flandre à reproduire des gestes et une pratique que je croyais disparus avec les métiers d'autrefois, avec le bourrelier, le forgeron, le maréchal-ferrant qui avaient pignon sur rue dans le bourg de Campbon et n'ont pas survécu à l'arrivée du tracteur. Les solliciter, c'était ma manière de reprendre langue avec mon enfance. J'avais quitté le pays natal, senti profondément que je n'avais plus rien à y faire. Je venais de passer la trentaine et regarder devant moi ne m'apportait pas beaucoup de réponses hormis celle de ma prétention à écrire et son improbable résultat. C'était peut-être l'occasion de se retourner. Ces patrons constituèrent une des premières étapes de ma remontée dans le temps. Me revenaient les gestes de notre grand-père, un coussinet planté d'épingles à son bras, qui ajustait sur un mannequin de toile les découpes de papier sulfurisé.

J'aurais pensé que la pratique en avait été abandonnée depuis que le prêt-à-porter avait affirmé sa suprématie sur le monde de la mode, et soudain mes couturières me ramenaient dans l'atelier de Riaillé avec son odeur de tissu que je retrouve parfois dans un rayon de vêtements pour peu qu'il ne voisine pas avec l'alimentation.

Je l'avais connu finissant, cet atelier, auquel on accédait du magasin par un couloir dérobé et qui donnait sur la cour où se trouvait un puits de pierre, surmonté d'un petit toit d'ardoises à deux pans, gardant surtout le souvenir d'une pièce abandonnée avec ses machines à coudre, mais notre mère aimait raconter comment, enfant, elle se joignait aux quatre ou cinq ouvrières pour tirer le fil et chanter avec elles, ce qui ne doit pas être le cas dans les usines incendiaires du Bangladesh, et on sentait qu'elle nous livrait, elle si triste, une part lumineuse d'elle-même. Il n'est pas impossible que ce soit la revue *Burda* et mes couturières de Flandre qui m'aient renvoyé au souvenir du vieux tailleur, homme secret qui fumait ses cigarettes à la chaîne dans sa 2 CV. De même que c'est une après-midi de pluie lancinante, ce rideau de perles qui gouttait du toit et m'enfermait dans le kiosque comme ces aventuriers trouvant refuge derrière une cataracte, qui me réconcilia avec la météo de ma Loire-Inférieure. La rue se vidait de ses passants, les Parisiens se moquent du froid mais n'aiment pas la pluie, ce qui me changeait de Nantes où les goûts sont rigoureusement inverses. Le travail de classement et les comptes achevés, dérangé par rien que par le martèlement de l'averse sur le toit de plexiglas, j'avais tout le temps de la regarder tomber. Et c'était mon pays de pluie qui resurgissait. Le kiosque patiemment recollait les morceaux de mon enfance.

Parmi les désœuvrés, outre mes duettistes Norbert et Chirac, il y avait aussi ceux qui considéraient que le travail n'avait pas été conçu pour eux. Ils effectuaient quelques missions temporaires qui les confirmaient dans leur idée première, et reprenaient bien vite leur vie paresseuse. Comme ils n'étaient pas rentiers – ce n'était pas le genre du quartier, hormis le fils de la grande bourgeoisie exilé rue de Flandre pour des raisons que je devinerais plus tard, et qui veillait attentivement chaque jour sur les cours de la Bourse pour lesquels il guettait l'arrivée de la deuxième édition du *Monde*, bien qu'il me fît croire longtemps qu'il vivait de traductions, mais d'une façon tellement évasive que j'en vins à concevoir des soupçons – ils comptaient principalement sur une épouse ou une compagne pour ramener le nécessaire à la maison, eux jouant le superflu aux courses ou dans les jeux de hasard. Ils étaient les princes du quartier, toujours une idée faramineuse en tête, un tuyau increvable, cent pour cent garanti. À leur tête, le jour suivant, on comprenait immédiatement que l'increvable avait crevé, ce qui ne les décourageait pas pour autant, à chaque course suffit sa peine, et ils repartaient à Auteuil ou Longchamp, ou plus simplement aux Champs-Élysées où un bureau du PMU diffusait les courses en direct.

Je connaissais les compagnes, j'avais appris à recomposer les couples à quelques signes semés par l'un et l'autre, la demande d'un même titre, un parapluie commun aisément identifiable par ses couleurs ou portant le nom d'une marque, une poussette et le bébé correspondant, des enfants conduits à l'école par le père le matin que la mère reprenait le soir, un journal mis de côté par l'un que l'autre venait chercher, ce dont j'avais confirmation quand un samedi ils s'avançaient ensemble vers le kiosque, l'un se détachant pour prendre son quotidien tandis que l'autre poussait plus loin vers le supermarché. Rarement les couples s'affichaient ensemble. Les femmes des parieurs étaient loin de partager la conviction du conjoint que la bonne fortune réglerait d'un seul coup tous leurs problèmes d'argent, qu'il n'y avait qu'à s'armer de patience, le temps de passer à l'à-pic de la bonne étoile, ce qui ne saurait tarder et qui tardait. Je sentais une grande lassitude chez certaines, voire de l'agacement. La dose de fantaisie qui les avait sans doute séduites au moment de la rencontre, et dont elles avaient pensé que leur amour s'accommoderait ou viendrait à bout, érodait jour après jour leur patience. À l'épreuve du quotidien, cette fantaisie se montrait même fâcheusement contre-productive, rognant sur les à-côtés et le budget vacances, ce qui finissait aussi par entamer les sentiments. Je les imaginais, ces femmes, au moment d'affronter les questions de la famille sur la situation du gendre, fatiguées de répondre que le malheureux cherche mais ne trouve pas de travail dans sa spécialité. Et quelle est sa spécialité ? Euh, les courses de chevaux.

L'une d'elles achetait des revues de tricot que je lui laissais feuilleter afin qu'elle choisisse le modèle qui lui convenait. Histoire de meubler la conversation car elle n'était pas bavarde, j'eus la malencontreuse idée d'évoquer la passion pour les courses de son mari ou compagnon. Immédiatement j'en voulus aux puissances supérieures de ne pas m'avoir intimé de la boucler. Elle ne répondit même pas, tourna prestement une page et reposa la revue. Si j'avais envie de continuer à lui vendre nos magazines voilà un sujet à éviter. À sa décharge, elle était enceinte. Et le plan du futur père pour assurer le confort de sa famille agrandie n'était pas de nature à la rassurer. Il reposait entièrement sur des calculs de probabilité. C'était un parieur scientifique, pas du genre à spéculer sur la valeur des chevaux, l'appartenance à une écurie, l'habileté des jockeys, la lourdeur du terrain, l'état du ciel, ce qu'il laissait aux petits joueurs ordinaires hantant les champs de courses et les bars du PMU. Lui, à partir des résultats quotidiens qu'il relevait minutieusement dans *Paris-Turf*, établissait des statistiques géantes reposant uniquement sur les numéros. Il pointait ainsi que dans la septième course, le dossard cinq n'avait pas gagné depuis plusieurs semaines, et comme mathématiquement le cinq finirait bien par l'emporter dans la septième, quelles que soient les conditions requises, cheval favori ou non, jockey surdoué ou bras cassé, terrain sec ou collant, météo clémente ou pluvieuse, il misait plusieurs jours de suite sur lui. Comme nous n'étions pas dans l'ère des logiciels, que l'informatique pour tous était balbutiante, il compilait ses relevés sur d'immenses tableaux qui tapissaient le salon du couple, une couleur par numéro si bien qu'il pouvait détecter au premier coup d'œil qu'une touche de vert par exemple manquait, et que certainement les lois de la probabilité s'arrangeraient pour lui donner un coup de pouce à l'arrivée de la troisième.

Pour quoi il avait besoin impérativement de son *Paris-Turf* quotidien qu'ils nous chargeait de mettre de côté quand d'aventure, avec la prime annuelle de son épouse qu'elle plaçait en douce sur son livret de caisse d'épargne, il partait quelques jours en vacances dans un de ces endroits maudits où la presse hippique n'arrivait pas. Probable ne signifiant pas certain, laissant une marche douteuse quant aux résultats – la touche de vert tardant à franchir la ligne en tête –, la maman à venir pouvait concevoir quelque inquiétude, sachant que le bébé, lui, arriverait au plus tard à terme. Très rarement elle acceptait de prendre pour lui son journal fétiche qu'il épluchait pendant des heures – comme il était aussi peu bavard qu'elle, on pouvait entendre le froissement des grandes pages tournées dans le silence du salon –, et cette concession lui pesait visiblement, elle ne parvenait pas à dissimuler en le demandant une pointe de mauvaise humeur. On comprenait que son service exceptionnel avait été âprement négocié, peut-être contre la promesse d'un biberon quotidien donné à l'enfant. À sa mine renfrognée on ne l'imaginait pas une seconde lançant à l'époux fainéant : mon chéri, reste au lit je te rapporte tes courses.

Son ordinaire à elle commençait avec le flot qui quittait les tours de Flandre autour de huit heures du matin. Aux têtes chiffonnées on sentait que pour beaucoup la nuit n'était pas encore terminée, qu'ils n'auraient pas mégoté sur un petit rab de sommeil, remis celui-ci au samedi – mais il y avait les enfants à l'école, alors au dimanche, ce qui réduisait aux vacances prochaines le rêve toujours repoussé d'Alexandre le bienheureux. Le matin, les échanges étaient brefs, les formules de politesse réduites au minimum, les plus vaillants s'accordaient une remarque sur le temps, mais les commentaires sur la santé qui demandaient toujours un long développement attendraient le retour du soir. Ce qui n'empêchait pas les exceptions, les éternels boute-en-train, comme ce jeune cuisinier barbu, un colosse, qui avait travaillé aux côtés des chefs étoilés (de certains il parlait avec admiration, justifiant en professionnel leur renommée, pas de hasard, en somme, et d'ailleurs il lui arrivait de temps en temps d'emporter une revue de critique culinaire lorsque l'un des toqués illustrait la couverture, m'expliquant l'avoir fréquenté, curieux de la façon dont celui-ci présenterait la profession, commentant devant moi certains de ses propos qui contredisaient le souvenir qu'il avait gardé de son passage dans tel grand restaurant, visiblement on enjolive aussi dans les cuisines), et donc toujours de bonne humeur, l'esprit pétillant, qui à peine sous l'auvent du kiosque lançait un bon mot, chaque fois inédit au lieu que d'autres se contentaient des mêmes facéties qui relevaient du comique de répétition, comme les reparties du grand Berbère, mais le cuisinier était imprévisible, ces sorties étaient tellement inventives que je me triturais les méninges aussitôt que je le voyais approcher, me préparant à une joute de bons mots que je finissais par redouter, craignant de rester sans voix, non par vanité, vexé de n'avoir pas la réplique, mais pour ne pas le décevoir, c'était tellement un jeu pour lui que je ne tenais pas à mettre une touche d'ombre sur sa journée. Il lisait quotidiennement *L'Équipe* et je jetais vite un œil sur la une pour préparer une éventuelle repartie mais il me surprenait toujours et je ne l'ai jamais pris en flagrant délit de sérieux, même lorsqu'il se montrait déçu par le résultat d'un match.

Pour nous, à cette heure matinale, la journée était déjà bien entamée, la mise en place des journaux et des principaux magazines qui avaient la priorité – les plus demandés, les plus attendus, comme les hebdomadaires et certains mensuels féminins – était en bonne voie. La compagne du parieur probabiliste était partie depuis un bon moment au travail avec la grande marée, quand on le voyait déboucher de l'allée des Orgues de Flandre, ensommeillé, les cheveux en pétard, ayant passé un long manteau par-dessus une tenue d'intérieur qui n'était pas très éloignée d'un pyjama, se contentant de marmonner un vague bonjour avec un accent du Nord, prenant son *Paris-Turf* plié avec la quinzaine d'autres dans le casier du haut, et simultanément de son autre main nous tendant la monnaie, comme s'il n'avait pas de temps à perdre, repartant tête baissée en s'épargnant de souhaiter une bonne journée, qui dépendrait pour lui de la pertinence de ses algorithmes. À ce rythme d'échanges il me fallut des mois avant qu'il ne me confie sa faramineuse martingale qui n'était que sa dernière trouvaille en date. Auparavant il retapait des 404 Peugeot qu'il partait revendre en Afrique.

J'étais pourtant expert pour recueillir les confidences des habitués. Elles se glissaient un jour par une brèche de l'actualité et soudain, alors que depuis des années parfois, nous nous contentions d'un échange aimable et de propos convenus sur le temps, se déversaient à flots, comme si la pression du chagrin avait fait sauter la digue des larmes. Il y avait dans le quartier une forte communauté de pieds-noirs, et ils furent nombreux à me raconter les derniers mois hallucinés avant le départ en catastrophe sous la pression des attentats qui ensanglantaient les rues d'Alger, d'Oran, de Constantine, l'abandon de leur vie même, quand ils n'avaient rien connu d'autre pour la plupart que la terre algérienne, leurs appartements occupés sitôt qu'ils avaient le dos tourné, les boutiquiers qui cédaient pour rien leur commerce au commis – et pas question d'en négocier le prix, ça ou le cercueil –, cet employé de banque qui un matin trouve son ami arabe installé à sa place derrière le guichet, et qui soudain le traite en étranger, «on était amis depuis l'enfance», ajoute-t-il en baissant la tête pour dissimuler son émotion, comment ils avaient entassé plusieurs générations dans une valise, et le volume d'affaires emportées étant contingenté, empilant sur leur dos en plein mois de juin leurs manteaux d'hiver, et je voyais les larmes de certains couler à l'évocation de cet exode tragique, qui s'excusaient de ce relâchement, et moi, la gorge nouée, n'ayant rien d'autre à leur offrir en consolation que mon écoute attentive et sincère, embarquant sur le bateau avec eux après les longues heures d'attente sur le quai pilonné par le soleil implacable d'Afrique, regardant s'éloigner les côtes du pays natal, l'amphithéâtre de la Ville blanche, n'ayant devant moi rien d'autre qu'une vague adresse pour réfugiés à Marseille ou d'un oncle dans la banlieue parisienne, en quelques phrases saisissant un peu du drame de l'exilé, m'en approchant tout de même, au point qu'à la seule évocation de ce moment de l'histoire je me retrouve sur le pont d'un navire au milieu de la foule des misérables, car ceux-là, à part quelques meubles et leurs souvenirs, ne laissaient pas des hectares de terre derrière eux, éternels dindons de la farce, coloniale, celle-là, aux parents ou grands-parents ou arrière-grands-parents desquels on avait promis quelques arpents d'eldorado, quand il n'y avait qu'un sol aride qu'aucun animal n'était assez vaillant pour éventrer. Ce n'est qu'au fil du temps et dans un tête-à-tête confiant que je recueillais ces confidences. Elles n'étaient jamais fanfaronnées, ne s'autorisaient pas d'autres témoins que l'anonyme marchand de journaux, le préposé à l'actualité qui agrandissait son monde de tous ces chagrins universels, et en même temps relativisait le sien.

De la guerre d'Algérie je me souvenais de la prière du matin qu'on nous avait demandé de dire exceptionnellement à son intention, quand d'habitude on marmonnait un Notre-Père généraliste qui était notre lever des couleurs en début de journée avant de prendre possession de nos bancs. Nous étions dans ce que nous appelions la quatrième, qui déjà ne correspondait pas au classement officiel, qui était en réalité, si on se fie à ce compte à rebours des études conduisant au baccalauréat, la dixième, et aujourd'hui le CE1. Était-ce à la seule initiative de la jeune institutrice à la blouse rouge à pois blancs, qui croisait les bras derrière son dos quand elle déambulait dans la cour de récréation ? Je l'ai revue depuis mais n'ai pas osé lui demander, surpris de ne pas être devant une vieille dame, mais elle m'avoua qu'elle avait dix-huit ans alors. Avait-elle un frère, un fiancé envoyé en Algérie avec le million d'appelés ? Mais ce qui me permet, cette référence, de dater cette intercession particulière de l'hiver 1958. Peut-être au printemps, mais pas plus tard car il me semble que le poêle marchait et je revois une lumière neigeuse à travers les hautes fenêtres donnant les unes sur les tilleuls de la cour, les autres sur la campagne. Prière pour la paix, pour ces jeunes gens de la commune envoyés là-bas – ils avaient exactement son âge – dont il se disait à leur retour qu'ils se réfugiaient dans le silence ou dans l'alcool pour tenter d'oublier ce qu'ils avaient vu, ou fait, ou subi.

Depuis, n'ayant aucune sympathie pour la thèse des tenants de l'Algérie française, j'avais eu l'occasion d'en apprendre un peu plus sur cette guerre de cent trente ans : l'insoumission permanente des tribus depuis le début de la colonisation, les massacres de Sétif (l'armée française, la grande vaincue de 1940, redorant son piteux blason en exécutant plusieurs dizaines de milliers de musulmans), la sanglante Toussaint de 1954, le métro Charonne où sévissait encore le collabo Papon, les porteurs de valise. Plus tard le directeur des éditions de Minuit, qui avait signé le manifeste des 121 et avait été menacé pour avoir publié entre autres *La Question* d'Henri Alleg, me confia que la nuit il laissait toutes les portes de son appartement ouvertes pour atténuer le souffle d'une éventuelle explosion et éviter que les portes ne se transforment en projectiles. Et soudain par la grâce du kiosque, par ce lieu dévolu à l'actualité, des gens s'offraient de donner une chair à cette histoire tragique, ils étaient ce char lourd de la mémoire du monde dont la presse ne voulait pas s'encombrer, se dépêchant d'y décharger les faits du jour pour préparer la place à ceux du lendemain. Par ces reliquats de souffrance, le kiosque transformait ainsi l'éphémère en durée. Si l'on considère que l'actualité et la modernité fonctionnent selon les mêmes principes tyranniques d'amnésie et de nouveauté, les récits que je recueillais au 101 rue de Flandre accompagnaient et rendaient moralement juste mon propre retournement sur mon enfance et mon drame passé.

J'avais remarqué que la guerre était toujours l'horizon de ces récits de mémoire. Un repère commode et commun qui immédiatement situait dans le temps. La guerre partout, pour tout le monde. Mais pas la même, bien sûr. Pour nous, nés ici, c'était la Seconde Guerre mondiale. Dire avant ou après la guerre signifiait avant 1939 ou après 1945. Mon enfance s'était passée dans son ombre, nos parents l'avaient vécue dans sa brutalité. Notre mère avait manqué de mourir sous les bombardements de Nantes de septembre 1943, ne devant la vie sauve qu'à un cousin qui l'avait entraînée dans un abri alors qu'elle restait pétrifiée au milieu des explosions et de l'effondrement des immeubles. Dans le même temps notre père, qui jouait les agents de liaison entre les maquis, pouvait remercier le Ciel d'être arrivé en retard à un rendez-vous secret. À l'heure, il eût été raflé par la Gestapo avec son camarade qui n'est jamais reparu. Et puis il y avait l'épisode glorieux du franchissement, arme au poing, d'un barrage allemand à moto, l'exfiltration à travers la Loire des parachutistes anglais ou américains dont l'avion avait été abattu, le grenier de ferme qui abritait le clandestin, sa solitude de sans-famille. J'ai toujours son pistolet de résistant, un Luger pris dans je ne sais quelle circonstance. D'où ma surprise dans les premiers temps du kiosque quand cet homme asiatique (je devais apprendre par la suite qu'on pouvait être chinois et pas forcément de Chine) me situa un événement de sa vie « avant la guerre », ce qui, étant donné son âge, ne pouvait pas coller, jusqu'à ce que je comprenne que sa guerre, ce n'était pas la mienne, marquée dans le légendaire de Campbon par l'arrivée d'un side-car allemand un dimanche de juin, l'homme de la nacelle pointant sa mitraillette vers la sortie de l'église. Sa guerre, à lui, c'était celle du Cambodge qui était récente alors, on avait encore en mémoire l'évacuation en catastrophe par les toits de l'ambassade américaine de Phnom Penh, les grappes d'hommes affolés tentant de s'accrocher aux patins des hélicoptères, et si le gouvernement des Khmers rouges après quatre années de terreur venait d'être renversé par l'armée vietnamienne, la guérilla durait encore et le siège des Nations unies à New York était toujours occupé par un représentant de la sinistre organisation. De sorte que dans l'instant, par son évocation d'un

« avant la guerre », je portai sur cet homme un regard différent, comme si une radioscopie de son corps me livrait en direct les images verdâtres de la tragédie cambodgienne.

Ainsi tous, africains, maghrébins, asiatiques, moyen-orientaux, latino-américains, avaient eu « leur » guerre. Un médecin argentin réfugié politique me racontait comment il faisait en douce des piqûres de morphine aux hommes moribonds que le commissariat voisin lui apportait pour les retaper afin de poursuivre leur interrogatoire, lui s'excusant de n'avoir pas fait davantage. Et ce Chilien avec sa casquette en cuir, qui avait dû fuir rapidement Santiago après l'assaut final du palais présidentiel et expliquait la floraison alors des dictatures sud-américaines par l'absence de classes moyennes. La guerre avait tous les visages, et le plus souvent celui de la guerre civile. L'une était en cours au Liban, mêlant tous les ingrédients et ne semblant jamais vouloir finir, alternance d'explosions et d'accalmies, qui ne correspondait pas non plus à ce qu'on en lisait dans la presse où on avait l'impression d'un embrasement perpétuel, ce que contredisaient parfois des images télévisées qui renvoyaient à une vie paisible mais j'avais mes informateurs pour résoudre l'apparente contradiction : tu peux marcher dans la rue avec les boutiques sur le trottoir, les gens aux terrasses des cafés, des voitures dans tous les sens et te demander mais la guerre, elle est où ? Et puis soudain, tu ne sais pas trop pour quelle raison, ça tire de tous les côtés, et tu n'as pas intérêt à te pointer sur la « ligne verte », m'avait expliqué mon Beyrouthin, tu es sûr de te faire aligner par un sniper. Et ces quasi-reportages se passaient au moment même où nous en parlions. Du coup, « ma » guerre prenait un coup de vieux, renvoyée au *Jour le plus long*, aux brassards frappés de la croix de Lorraine des FFI et aux femmes tondues.

J'aurais pu prendre la phrase pour moi, tirée d'un article du *Figaro*, mais le journal avait été retourné depuis longtemps avec les invendus puisque daté de 1863 : « Il cherche ce quelque chose qu'on nous permettra d'appeler la *modernité*. » Pour l'heure, celui qui cherche est un peintre, un dessinateur plutôt. Quand paraît l'article de Baudelaire consacré à ses gravures, Constantin Guys a soixante et un an et il a intérêt à se dépêcher de trouver la modernité. Au même moment, dans l'atelier parisien de Charles Gleyre, un petit maître présomptueux, de très jeunes gens ont déjà une idée assez précise sur la réponse à apporter. Eux ont à peine plus de vingt ans. Pour l'instant ils s'appellent juste Claude Monet, Auguste Renoir, Alfred Sisley, Frédéric Bazille. Leurs noms ne diraient rien à l'auteur de l'article qui avait un bon coup de crayon aussi (voir son autoportrait très ressemblant à la photo de Nadar par laquelle son visage nous est familier). Ces jeunes gens avaient compris que ce n'est pas l'actualité qui fait la modernité mais son traitement. Et pour ça, il leur fallait abattre les murs de l'académie, respirer à pleins poumons, planter leur chevalet au grand air, ce qui provoqua la fureur de Charles Gleyre et leur rupture avec le petit maître présomptueux. Comment dans la pénombre d'un atelier rendre au plus près le panache enfumé d'un train, un champ de coquelicots, une compagne se protégeant du soleil sous une ombrelle, quatre bateaux à vapeur au milieu des voiliers à Sainte-Adresse ? L'ancienne manière habituée à l'éclairage blafard des chandelles et des lampes à gaz était impuissante à rendre l'éblouissante clarté du jour.

Après un siècle de table rase, nous en étions encore là, sinon que le curseur de la modernité s'était déplacé en queue de comète. Roland Barthes confiait discrètement à son journal intime : « Tout à coup il m'est devenu indifférent de ne pas être moderne. » Ou comment renier d'un trait de plume ce qui avait composé jusque-là sa vie. S'il s'autorisait cet aveu en bout de course, c'est que sa mère venait de mourir. Il se sentait une envie furieuse de devenir ce qu'il avait toujours dénoncé comme une inclination bourgeoise, envie de devenir Proust au vrai, lequel s'était lancé dans sa *Recherche* après avoir lui aussi perdu sa mère. Même cause mêmes effets, peut-être. Mais sans doute trop tard pour Barthes. Et la mortelle critique du chauffeur d'une camionnette de blanchisserie lui évita de remettre au lendemain son projet, lui évita la procrastination du narrateur de la *Recherche*. Mais pour les va-nu-pieds de mon espèce, les sans-papiers poétiques, ce changement impromptu des règles du jeu frisait la malhonnêteté intellectuelle.

Nous avions subi sans broncher, comme paroles d'évangile, tous les oukases proférés par ses pairs. Après la mort du roman, la mort de l'auteur que lui-même s'était chargé d'annoncer, remplacé par le lecteur, seul en mesure de débusquer le sens du texte, ce qui n'aidait pas, cette usurpation, à une vocation embryonnaire d'écrivain. Mais enfin, qui est-ce qui écrit ? Et soudain le même nous annonçait la fin du match, dorénavant je veux être ce que j'ai honni, je veux être romancier, les remplaçants de la onzième heure de la modernité littéraire qui n'avaient pas encore eu l'occasion de piétiner la pelouse, voyant de leur banc les lumières du stade s'éteindre une à une, l'arbitre des élégances ayant déjà fait son sac, pris sa douche et quitté le vestiaire, ressemblant à ce pilote de ligne annonçant aux passagers le crash imminent de l'avion, lui-même leur parlant suspendu à son parachute.

À la fin de sa vie le catéchumène Roland qui se fichait désormais d'être moderne n'avait pourtant pas complètement désarmé. À première vue, louant dans son cours au Collège de France et sans parler le japonais les haïkus, ces petits poèmes en trois vers qui, avec nos critères poétiques « élevés », confinent à une simplicité presque enfantine, il était passé à autre chose. À un monde incarné, en somme, concret, encombré des mille choses de la vie, que la théorie littéraire n'avait eu de cesse de dédaigner et de brocarder. Mais en y regardant de plus près ces mêmes haïkus se présentaient comme un condensé, un bouillon-cube de ses lubies passées. Le peu de place occupé par le haïku dans la page renvoyait métaphoriquement au rétrécissement de la littérature, à sa dissolution dans le blanc et le silence, à la mort de l'auteur, en somme, à qui on concédait tout juste trois courtes lignes, l'espace d'une épitaphe. Un alignement de haïkus ressemble à autant de petites tombes du réel dans un cimetière bien ordonné. En outre la formulation concise du haïku évoque une équation mathématique, laquelle condense les lois qui régissent l'univers en quelques lettres (le langage algébrique fait la part belle aux lettres, où le *x* de l'inconnu sera repris par la modernité romanesque pour désigner un personnage). Et on sait comme le haïku a ce pouvoir de « formuler » le monde, de le réduire à un énoncé. De sorte qu'en dépit de son repentir, notre convers Roland n'avait pas tout à fait renoncé à quitter « le champ de la science » dans lequel jusqu'à son revirement il avait cherché longtemps à inscrire son travail littéraire.

Mais là il ne m'apprenait rien. Je devais la découverte des haïkus aux *Lettres de Gourgounel* de Kenneth White qui avait vécu quelque temps en Ardèche au milieu des années soixante et où il avait acquis pour trois francs six sous une maison délabrée au lieu dit Gourgounel, et aux *Clochards célestes* de Kerouac, les clochards étant ces fous du zen et poètes comme Gary Snyder et Allen Ginsberg qu'il découvre à San Francisco, ébahi par la profonde liberté d'esprit et de vie dont ils font preuve, ce qui le change de Lowell, Massachusetts, et des préceptes rigoureux de son enfance catholique auprès d'une mère canadienne française. La capacité des petits poèmes japonais à restituer sans effets des instantanés du réel m'avait obligé à décoller les yeux de la page pour vérifier que le monde était bien à la place qu'ils lui assignaient. « L'arracheur de navet / Montre le chemin / Avec un navet. » Ce qui pour mon ascendance rurale était un formidable laissez-passer. Ce qui établissait un pont à travers le temps et l'espace avec les vieilles chansons françaises que j'avais chantées en m'accompagnant au violon. Pour le réel, suivre maître Bashô.

Quand je quittai ma région natale pour une vie parisienne, dans mon unique sac de voyage, outre de maigres affaires de rechange, j'emportai en tout et pour tout quatre livres. Aux trois précités, j'ajoutai les *Notes de ma cabane de dix pieds carrés* de

Kamo no Chômei, où le vieux Kamo se retire dans la montagne pour méditer, cultiver son jardin de simples et jouer du biwa, estimant le monde de moins en moins fréquentable. À tous les quatre je demandais qu'ils me conduisent sur la voie du réel. Ce qui était pour moi, ce réel caché, l'autre nom de la Loire-Inférieure.

Cette confidence de Roland Barthes à son journal, « tout d'un coup il m'est devenu indifférent de ne pas être moderne », je ne l'ai lue que bien plus tard, alors que j'avais déjà posé le pied sur le trottoir de la rue de Flandre, que j'avais atterri, en somme, la corolle de mon parachute retombée mollement sur le kiosque, me signifiant qu'il n'y aurait pas de remontée vers les nuées. Si je n'étais pas encore complètement guéri de la « maladie moderne », je bataillais pied à pied pour renouer avec les lieux, les personnages et leurs vies humaines, préparant le terrain poétique pour accueillir les miens, comme on balisait de feux une prairie d'atterrissage à l'attention d'un avion clandestin dans la Résistance. Tombant sur la phrase de son journal, j'ai hoché la tête, du genre, ben toi, mon vieux. Pas gêné. Ce qui me rappela cette histoire d'un moine zen qui s'offusquait que son vieux maître mourant, râlant, hurlant, se conduise aussi grossièrement, fasse preuve au moment de quitter ce monde illusoire d'aussi peu de tenue. À quoi bon enseigner la Loi si c'est pour se comporter comme un vulgaire mortel ?

Mais quand vint son tour de mourir, il sembla avoir oublié lui aussi son enseignement et ses reproches virulents de jadis. Au point même qu'il surpassait en vociférations et plaintes son vieux maître défunt. Se rappelant les propos d'autrefois, son disciple aurait été fondé comme tout un chacun à s'indigner : c'était bien la peine de se poser en donneur de leçons pour se conduire encore plus mal. Mais en fait non. Devant le corps manifestant son dépit de devoir quitter le monde, le disciple se fit à lui-même cette remarque : Il est encore plus fort que je ne le pensais. Barthes en maître zen ? Allons, qu'il repose en paix.

L'expression la plus pointue de la modernité, j'avais eu tout loisir de l'admirer grandeur nature depuis la librairie d'art où je travaillai à mon arrivée dans la capitale. Ce que j'avais sous les yeux, c'était le tableau de marche de la création, un rappel à l'ordre, un gigantesque pense-bête. La structure futuriste du centre Pompidou m'apparaissait comme une sorte de geste terminal, où les impératifs techniques avaient seuls dicté le crayon des inventeurs. C'était même la première information que l'on recevait, planté devant ce surgissement de verre et de métal dans le quartier ancien. Surtout qu'on ne les accuse pas d'avoir cédé à la tentation du beau. On avait tellement cherché à évacuer toute compromission esthétique pour nc pas être taxé de maniérisme qu'il ne restait plus que des plateaux, des escaliers, des poutrelles d'acier et des tubes. Tout ce qui participait de sa structure était imposé par les impératifs de son fonctionnement. Aucune autre intervention que celle de la nécessité.

La décoration fournie par les contingences mêmes, au point qu'on pouvait, à la couleur des tuyaux qui reproduisait fidèlement les codes de l 'industrie, identifier leurs fonctions. Une construction honnête, en somme, nulle intervention qui ne relève d'une nécessité fonctionnelle.

Quand je quittais la librairie à la tombée de la nuit – nous approchions de l'hiver – le bâtiment brillait de tous les feux d'un paquebot échoué, les bouches d'aération disposées sur le bord de la place pavée donnant le sentiment d'avoir été projetées hors du navire à la suite de son naufrage terrestre. Comme si le geste créateur, à force de se couper du monde, n'avait plus été en mesure de faire la différence entre la terre et l'eau. Il était là, le bateau contemporain du rêve baudelairien, et je le trouvais très beau. Je pensais au paquebot d'*Amarcord* surgissant tous feux allumés de la brume dans le film de Fellini, qu'une vague géante aurait déposé au cœur du vieux Paris. Simplement, s'il continuait de transporter des passagers, le beau vaisseau leur proposait un voyage immobile dans le monde démantelé, désossé, de l'art. Le bateau de la modernité voguait sur une mer de pierre. Visiblement quelque chose s'était perdu en cours de route de l'injonction baudelairienne. Et ce qui s'était perdu, après qu'on avait brûlé les portulans, ce devait être moins la boussole que la raison du voyage.

Comme le kiosque de la rue de Flandre, la librairie du plateau Beaubourg a disparu, remplacée depuis longtemps par un grand café mondain, ce qui rend même difficile sa localisation ancienne. L'une de ses entrées (elle était construite en L, l'autre ouvrait sur la rue Saint-Martin) donnait sur le parvis de pierre supportant en creux l'immense vaisseau échoué. Mais librairie d'art, c'est un bien grand mot pour ce qui n'était qu'une solderie remisant des ouvrages de maisons d'édition et de librairies en dépôt de bilan, et des catalogues d'exposition d'artistes pour la plupart inconnus, qui d'ailleurs n'intéressaient personne, au point de penser qu'ils n'étaient là que pour garnir les rayons. C'était un pêle-mêle de fascicules, dont je ne crois pas avoir jamais vendu un seul. La seule demande formulée par un client concernait Escher. Je m'en souviens d'autant mieux que l'artiste néerlandais, mort dix ans plus tôt, était très en vogue alors. Il était encore dans une représentation identifiable du monde par les éléments matériels dont il usait mais échappait par ses constructions fantasmatiques à une reproduction servile du réel. Ses escaliers perpétuels ne menant nulle part flirtaient aussi avec la métaphysique, ce qui permettait de hocher gravement la tête et de froncer les sourcils, tout en restant adossé à cette idée confortable de l'absurde, écartant ainsi tout soupçon de relent religieux. Escher avait ce côté à la fois rassurant et vertigineux d'un monde mathématique dont on admet comme une curiosité les propositions apparemment insolites qui renvoient au rapide Achille incapable de rattraper une tortue à la course parce qu'il lui restera toujours la moitié du chemin à parcourir. Malheureusement nous n'avions aucun document sur lui. Et je lisais dans le regard du désappointé que la chose n'était pas normale pour une librairie d'art et par voie de conséquence que nous étions des nuls. En quoi je ne pouvais pas lui donner tort.

Le propriétaire ou le gérant, un homme dans la quarantaine, mâchoire carrée et cheveux courts, ce qui n'était pas le genre de physique qu'on s'attendait alors à croiser dans le monde de la librairie, qu'on aurait plutôt imaginé sautant sur Kolwezi, passait de temps en temps surveiller ses troupes, savoir les deux vendeuses (dont l'une le suppléait en son absence et lui rapportait nos faits et gestes) et moi. Il n'aimait pas nous voir les bras croisés, nous rendant sans doute responsables par notre apathie de la mauvaise marche du magasin, nous exhortant à prendre un chiffon ou réorganiser la présentation des livres sur les tables sans oublier de garder un œil sur les rares clients qui, par la structure en L du magasin, pouvaient ainsi échapper à notre surveillance si nous étions tous les trois du même côté.

Pour donner l'impression d'être occupé, de montrer mon esprit d'initiative, j'avais entrepris de classer le fouillis des fascicules par ordre alphabétique, de coller des étiquettes à cheval sur les tranches trop fines pour y imprimer un nom – la plupart ne comptant que quelques pages retenues par deux agrafes – afin d'identifier l'artiste, mais les étiquettes profitaient de la nuit pour se décoller à moitié, ce qui leur donnait un effet papillon. Le soin que j'apportais à ce travail de moine copiste ne devait pas exclusivement à la bonne marche du magasin et à un désir de bien renseigner la clientèle. Ces catalogues, je les feuilletais pour mon compte, pas tant pour m'extasier ou juger de la valeur esthétique des œuvres représentées, que pour me situer.

Profitant d'une grande hauteur sous plafond, le magasin avait été doté d'un entresol, auquel on accédait par un escalier étroit à vis dont les marches métalliques résonnaient si fort qu'on hésitait à l'emprunter, et où était installée une galerie qui obligeait les plus grands à incliner la tête. On y exposait quelques estampes, et dans des présentoirs en V qui se feuillettent comme les pages d'un grand livre, les habituelles mauvaises reproductions de champs de coquelicots traités à la manière impressionniste.

Cet emballement des mouvements artistiques, sitôt créés et déjà démodés avant même qu'ils soient reconnus, j'en avais été témoin jusqu'à la caricature. La proximité du centre amenait parfois des artistes en herbe. On venait à peine de saluer la naissance de la « Figuration libre » (et ses inventeurs n'avaient guère plus de vingt ans) qu'un jeune homme m'expliquait que c'était déjà dépassé et que lui-même travaillait à je ne sais quoi qui allait ringardiser ces jeunes gens plus vieux que lui de quelques mois. J'aurais pu m'entendre quand je me laissais aller. Ce qui ne me renvoyait pas une image des plus flatteuses. J'en étais où, moi, dans ce grand mouvement qui avait agité tout le siècle et dont je pouvais admirer le précipité futuriste sur le parvis avec ses éclats dévalués tout autour ? Comment s'y prenaient-ils, les autres, face à cet impératif de la modernité de toujours fabriquer du nouveau ? Qu'est-ce que j'avais à proposer qui n'ait déjà été fait ?

Il me semblait que j'étais au cœur de la centrale, d'où partait en rayons les consignes secrètes de la création, les nouvelles voies à explorer, les impasses aussi, avec quoi j'avais à composer, autant d'informations qui arrivaient amoindries, désactivées dans la torpeur de la province, et qui ici, à Paris, et c'était sans doute la raison de ma « montée », se chargeaient d'une force et d'une actualité auxquelles je ne pouvais échapper. Ce *ground zero*, ce n'était bien sûr pas la librairie en soi, mais quelque chose dans l'air qu'attisait la proximité même de Beaubourg, qui concentrait tous les excès de dithyrambes et d'indignation. Tellement terminal, au vrai, que le bâtiment à peine inauguré il devenait indifférent à Roland Barthes d'être moderne. La copie parfaite avait été rendue. Comme on rend un dernier soupir.

Nous étions trois employés dans la librairie. Je travaillais avec deux jeunes femmes dont la responsable, venue de Hongrie, qui avait appris le français en quelques mois et le parlait sans accent au point que je m'étais étonné de l'entendre échanger dans sa langue avec un ami de passage, et trouvant très belles les sonorités de cette langue inconnue, m'étais renseigné. Du hongrois, dit-elle. Et ça s'enseignait où pour le maîtriser aussi bien ? À Budapest, avait-elle répondu en riant. C'est elle qui m'avait reçu lorsque j'avais posé ma candidature pour le poste. Je ne sais ce que j'avais mis en avant pour la convaincre, sans doute mes passages à l'université et dans la presse, les seuls éléments vaillants de mon CV, essayant de donner au tableau de mes incompétences un tour plus valeureux quand en réalité l'honnêteté eût consisté pour moi à me présenter comme un bon à rien.

L'autre vendeuse était une jeune fille de vingt ans, grande, très belle, à la longue chevelure ondulée, ce qui n'avait pas échappé à un recruteur d'agence de mannequins qui l'avait repérée dans la rue et lui avait proposé de poser, de sorte qu'on avait pu la voir allongée sur un canapé en 4 par 3 dans les couloirs du métro. Mais elle n'avait pas insisté. Ce qui l'intéressait, c'était la littérature et c'était la raison pour laquelle elle avait préféré travailler ici plutôt que dans les studios, bien que de littérature, hormis un petit rayon où l'on trouvait le *Henri Matisse, roman* d'Aragon, il fut peu question.

Elle m'intimidait. Sa beauté, bien sûr, mais aussi qu'elle ait tourné le dos aux lumières des showrooms pour se rapprocher des livres. Ne parlons même pas de la dégringolade de son salaire. Se saborder délibérément pour se mettre en conformité avec ses centres d'intérêt, je connaissais, mais le même comportement m'impressionnait toujours chez les autres. Je le trouvais déraisonnable. On aurait pu m'objecter, mais enfin regarde-toi. J'aurais répondu, mais moi ce n'est pas pareil. Non que je pensais valoir mieux – je n'en avais vraiment pas les moyens – mais il me semblait que me concernant c'était moins grave. Il ne s'agissait que de ma vie.

Sa gentillesse avait fini par me convaincre que j'étais peut-être de bonne compagnie et nous avions pris l'habitude de nous confier l'un à l'autre. Elle avait entre autres une passion pour Jacques Brel dont le décès remontait à trois ou quatre ans. Sans doute espérant me rallier à sa cause elle feuilletait devant moi un album qui lui était consacré, abondamment illustré, et légendé de propos glanés au fil d'entretiens, qui sonnaient comme des aphorismes. Comme celui-ci : le talent c'est de faire. Il me semblait que ça ne suffisait pas mais j'y lisais l'humilité de celui qui accepte de présenter son œuvre, avec tous les risques de retours négatifs et de désappointement que cela comporte. Faire, c'était bien le moins. Comme je n'avais pas le cœur à la contredire j'abondais dans son sens, sans restriction, même si alors je classais Brel parmi ces chanteurs à texte qui étaient le pendant variétés du roman. Datés, en somme.

Jusque-là j'étais plutôt d'avis que ceux qui donnent la préférence au travail sur le talent plaidaient pour leur chapelle. Il est plus facile de se tuer à la tâche que de s'inventer un don qui fait défaut. Mais l'amour sincère de la grande belle jeune fille pour le chanteur, ses explications de texte, m'obligèrent à revenir sur mes préventions. Elle resurgit toujours en filigrane à l'écoute d'une chanson du père de Jef, de Mathilde, de Madeleine qui avait hérité de ses ancêtres flamands l'art du portrait. De cet album feuilleté en commun, j'ai appris à réviser mes jugements à l'emporte-pièce, à m'assouplir. Peut-être aussi à considérer que je n'étais pas en guerre, que je n'avais pas à me braquer contre le monde entier, qu'il me revenait d'abord de signer un accord de paix avec mes puissances occupantes. Je lui dois aussi autre chose dont elle n'eut jamais connaissance et qui fut pour moi la plus éloquente des leçons.

Je lui avais avoué que j'écrivais et je crois même que le manuscrit de *Décembre. Matin de.* était au même moment en cours de lecture dans une maison d'édition. Dans une seule et pas dans plusieurs ainsi que les prétendants procèdent dans le but de multiplier leurs chances de publication, car je ne possédais que deux exemplaires de mon texte, l'original tapé à la machine et son double, grossièrement imprimé au papier carbone avec ses bavures bleutées, que je gardais par-devers moi afin de prévenir tout incident de la poste ou une montée de la Seine dans les bureaux des éditeurs. La photocopieuse était déjà inventée, mais ses tarifs dépassaient mes moyens, d'autant que le livre comptait quatre ou cinq cents pages sans interlignes. Lorsque la belle me demanda de lui en parler, je n'étais pas assez assuré pour lui proposer de lire la version de rechange. J'aurais pu commenter simplement, c'est un pêle-mêle, un fourre-tout, on y trouve des éléments autobiographiques, des commentaires de mes lectures récentes, des expérimentations poétiques (ponctuation aléatoire et syntaxe bousculée), des scènes fantaisistes (notre tante Marie frappant avec ses comptes d'indulgence aux portes du paradis), des descriptions de l'Acropole (souvenirs d'un voyage en Grèce) et des montagnes d'Ariège (où j'avais marché à la rencontre des petits chevaux de Mérens), mais je résistais à le formuler ainsi. J'avais pourtant en tête la phrase de Flaubert à Louise Colet, à propos de *La Tentation de Saint-Antoine* que ses amis lui avaient conseillé de brûler et dont il voyait le défaut majeur : « Des perles ne font pas un collier. » Je pensais bien que la formule s'appliquait à mon texte mais je n'étais pas non plus certain de ma récolte de perles.

Je me rappelle très bien comment embarrassé je tournais autour du pot, développant des théories littéraires sur l'impossibilité du roman, expliquant que j'avais le souci d'inventer des formes nouvelles, que je me sentais comme un aventurier progressant au coupe-coupe dans la jungle des phrases ou ce genre de métaphore, et plus je m'enfonçais plus je voyais le front de la belle se plisser, il me vint même à l'idée que je lui faisais de la peine. Quand je m'arrêtai elle marqua un temps d'arrêt, comme si elle hésitait à me livrer ses impressions. Plutôt que de m'opposer un argumentaire nébuleux elle laissa tomber : Je suis désolée mais je n'ai rien compris. Flaubert entendant le verdict de ses amis poussa un cri d'effroi dans le salon de Croisset, persuadé qu'il était jusque-là d'avoir avec sa *Tentation* écrit un chef-d'œuvre. Je ne me vexai pas ni n'essayai de me justifier. J'étais parfaitement au courant. La belle venait de résumer l'expression de ma très grande confusion.

C'est par l'intermédiaire de M. le peintre maudit que j'avais obtenu de travailler dans la librairie. Il avait eu ce tuyau grâce à la jeune Hongroise qui avait travaillé jadis avec lui dans un kiosque. M., et c'était ce qui fascinait chez lui, était suffisamment libre et entreprenant pour se créer des relations durables en apostrophant quelqu'un dans la rue ou dans un bar, et peut-être celle-ci venant de sa Hongrie communiste et perdue dans Paris s'était-elle confiée au vendeur en passant acheter un journal pour y chercher dans les pages des petites annonces un logement et un emploi. M. était du genre à lui proposer sur-le-champ les deux. Il était entouré en permanence de toute une cour, qu'il arrosait de sa magnificence quand l'argent tombait, ou sollicitait quand le besoin se faisait sentir, dans les deux cas avec la même désinvolture, le second cas étant le plus fréquent. Mais il ne voyait pas vraiment de différence entre donner et emprunter. Ce qui, paradoxalement, lui valait des amitiés fidèles et durables.

Quand devant le peu de succès de ses champs de coquelicots et gribouillis d'artistes le gérant de la librairie-galerie décida d'adjoindre, dans la partie du magasin donnant sur le parvis, un rayon presse, c'est naturellement que la jeune Hongroise, chargée de recruter un employé, se tourna vers son vieil ami. Avait-elle pensé directement à lui pour le poste ? M. était alors retiré de la presse, il y reviendrait par nécessité et en traînant les pieds, mais d'ici là il était persuadé de vivre de sa peinture. Me sachant à la recherche d'un emploi sans grande qualification, il me proposa.

La presse, je connaissais de l'intérieur, pour y avoir travaillé. J'y avais pendant trois ans trié et découpé les dépêches d'agence qui tombaient en rafale sur les téléscripteurs pour le compte des quotidiens siamois nantais, *Presse-Océan* et *L'Éclair*, et écrit des billets d'humeur à la une du plus confidentiel des deux titres, avant d'être renvoyé sans ménagement. Après m'être essayé à la blessure narcissique mais sans grand succès, j'en avais conclu que ce n'était pas pour moi, que je m'étais illusionné sur une carrière de journaliste qui ne m'intéressait pas et que d'ailleurs je n'avais vraiment jamais envisagée, sinon comme un moyen pratique d'assurer le quotidien sans m'éloigner de l'écriture. Il y avait tout de même un autre profit à cette activité, que je mesurai mieux quand il se déroba. J'avais une réponse à l'insidieuse question sur l'emploi que je faisais de ma vie : j'écris dans la presse. Ce qui suffit deux années durant à me dédouaner du soupçon d'imposture qui, le temps passant, devait peser de plus en plus lourd dans le regard de mes interlocuteurs.

Je mesurais aussi dans ma nouvelle fonction de libraire-marchand de journaux l'ironie du sort qui contrevenait à l'unique injonction de notre mère quant à notre avenir : tout ce que vous voulez sauf le commerce. Ce qui laissait entendre qu'elle n'y avait pas pris un plaisir excessif, contrainte par les circonstances de la vie, et d'abord par son mariage avec le fils orphelin d'un magasin d'articles de ménage en gros qui avait périclité pendant la guerre, le magasin, n'ayant plus personne pour s'en occuper, le fils orphelin parti combattre dans le maquis et tellement peu désireux de retourner derrière le comptoir qu'à son retour à la morne vie civile il profita de difficultés financières pour s'en aller sur les routes et mener la vie de voyageur de commerce.

Jusqu'à son mariage, à vingt-quatre ans, en dépit d'études de comptabilité, la question d'un travail ne s'était pas posée pour notre mère. Il n'est qu'à se rappeler ce qu'elle évoquait quelquefois, les concerts à domicile entre amis dans la grande maison de Riaillé, les séjours dans la villa du bord de mer à Préfailles, pour comprendre que dans le passage à sa vie de femme, marqué par un changement de lieu où elle quitte la demeure natale pour s'installer dans celle bien moins confortable de Campbon, elle n'avait pas gagné au change. Une sorte de dégringolade qui ne lui avait sans doute pas échappé même si elle n'en dit jamais rien. La preuve, on la tient sous les yeux. Sur les photos de sa jeunesse elle se montre toujours souriante, gracieuse, ensuite le sourire s'évanouit. Avant même la tragédie de son veuvage où pendant des années elle portera ce masque de la mort qui creusait deux rides profondes autour sa bouche, comme si elle mettait sa parole vive entre parenthèses, qu'elle était entrée dans un long tunnel de silence, son visage a cette expression fermée que nous lui avons connue jusqu'à la fin et qui ne se fendait que pour laisser éclater son grand rire moqueur. De sorte qu'à travers sa recommandation nous entendions bien autre chose que tout sauf le commerce. Nous entendions ne faites pas comme moi qui ai vécu en exil de mon enfance, ne faites pas comme moi qui n'ai pas eu à décider librement de ma vie, ne faites pas comme moi dont vous ne connaîtrez jamais la somme de regrets qui furent les compagnons fidèles de mes heures solitaires.

L'injonction maternelle avait eu d'autant moins de poids qu'au moment de me livrer à un inventaire de mes compétences, le commerce, c'était ce que je connaissais le mieux. Une fois tombé de mes grands chevaux poétiques, la vie qui n'a pas son pareil pour doucher les prétentions me renvoyait à la case départ, au magasin familial où nous avions appris sans apprendre à saluer, sourire, demander, conseiller, couper sans dériver en laissant filer les ciseaux ouverts un métrage de toile cirée, lancer comme une formule magique c'est du Cristal d'Arques, ou du Villeroy & Boch, orienter vers un produit moins onéreux quand il valait aussi bien que son concurrent, emballer des milliers de cadeaux pour la Fête des mères et Noël, les deux pics de notre magasin, tendre religieusement le paquet entouré de sa faveur, encaisser, rendre la monnaie pièce par pièce en gage de notre honnêteté, remercier, dire hautement au revoir, qu'on entende bien notre politesse. Pour nous une seconde nature. À mon départ de Nantes j'avais refusé la proposition d'un journaliste de collaborer à la revue qu'il lançait sous le prétexte que je partais « à Paris pour devenir écrivain ». Quand celui-ci me rappela la scène trente ans plus tard à laquelle je refusai de croire, moi j'ai dit ça ? je m'étonnai de l'avoir oubliée. Comment avais-je pu refuser une proposition pareille ? Car pour l'heure, ç'avait beau se passer à Paris plutôt que dans un magasin de campagne, concerner des livres et des journaux au lieu de verres et d'assiettes, ça ressemblait fort à du commerce.

Les journées étaient longues à la librairie, qui, avec une coupure de deux heures au moment du déjeuner pendant lesquelles je tournais en rond dans le quartier après avoir avalé un sandwich, se terminaient à dix-neuf heures pour saluer la nuit d'hiver tombant sur le paquebot de lumière échoué sur le parvis. De sorte que je n'avais plus une minute pour mes travaux poétiques. Si j'étais monté à Paris pour être écrivain, considérant que les années passant jouaient contre moi (j'avais vingt-neuf ans et il était déjà trop tard pour rejoindre le circuit normal d'une profession normale et d'une vie normale, dont je n'avais pas envie de toute façon), je n'avais plus de temps à perdre. Pas d'autre solution que de me plonger dans mon grand œuvre, dont j'attendais, après avoir brûlé tous mes vaisseaux (ou ma barque, ou mon radeau), qu'il me sauve. Car il n'y avait pour moi qu'une espérance de salut : qu'on me reconnaisse écrivain, et par écrivain je n'entendais pas seulement celui qui publie des livres, ce dont je n'espérais ni gloire ni tirage mirifique, non, simplement ceci, qui aux yeux de quiconque passerait pour une absurdité bien plus grande que de convoiter le succès, ceci qu'on attribuerait à un esprit au mieux rêveur au pire dérangé, ceci qui vaut en retour à celui qui annonce son ambition des regards moqueurs ou de compassion, mais enfin ceci : une place dans ce qu'il est convenu d'appeler la littérature, ce domaine réservé où l'on croise les tourneurs de phrase et les jongleurs du verbe, les bâtisseurs de mondes et d'imaginaires.

Ce dont aujourd'hui, maintenant que les dés sont jetés, je me moque un peu, pas complètement mais un peu tout de même.

Mais alors je n'avais que ça pour me sortir la tête de l'eau. Je me demande encore comment on peut raisonnablement (raisonnable, ça ne l'est justement pas) engager sa vie sur un objectif aussi peu tangible dont la validation n'intervient qu'au moment où l'on n'est plus. D'autant que la renommée littéraire est capricieuse. Tel était passé quasi inaperçu de son vivant qu'on ressort des ténèbres, Lautréamont, et combien d'autres sont « en sommeil » ? tel autre après avoir flamboyé s'efface des écrans du temps, et là la liste est longue, il suffit de lire les Mémoires de Maxime Du Camp où les seules pages qui nous retiennent et qui n'occupent que le centième du livre, concernent le jeune Flaubert dont il avait été l'ami, et où tout le reste consiste à évoquer les sommités croisées par l'illustre Maxime dont la postérité ne repose que sur cette amitié de jeunesse, et qui finirent toutes, les sommités, à l'Académie française, autant dire dans une trappe spatio-temporelle.

Mais il existe une première épreuve à franchir pour jouer à ce jeu du futur de qui en sera ou n'en sera pas. Sans le franchissement réussi de la publication on est certain qu'il ne se passera rien, même si dans le passé Saint-Simon ne se soucia jamais de publier ses Mémoires, les enfermant dans une malle, les laissant à la dévoration du temps. Ce qui en soi, cette publication, n'est preuve de rien non plus, condition nécessaire mais aucunement suffisante si l'on considère la somme des livres parus, ces millions de pages imprimées qui finissent aux oubliettes avec leurs auteurs. Dans les caves d'Ambroise Vollard, le marchand de tableaux de Cézanne, Gauguin, Van Gogh et quelques autres, on a trouvé un nombre incroyable de croûtes. À quoi l'on se dit qu'un bon « éditeur » est quelqu'un qui trouve autant de vertu à un Cézanne qu'à une croûte, ce qui n'est déjà pas mal. Il n'y a qu'à lire les ouvrages anciens vantant une litanie d'écrivains dont les éditeurs pouvaient se targuer de la découverte pour juger de la vanité de l'exercice de sélection.

Dans un ouvrage paru en 1912, intitulé *Ce que je peux dire*, son auteur Arthur Meyer, journaliste et directeur du *Gaulois*, un quotidien patriotique monarchiste, lance ce cri du cœur : « Quand j'entends dire que l'esprit est mort en France, je me prends à dire que tant qu'Adrien Hébrard, Grosclaude, Capus et Maurice Donnay, pour ne citer que ceux-là, seront de ce monde, il vivra aussi vivant que jamais. » Pas sûr, n'est-ce pas ? Que vaut le jugement d'une époque s'il s'aveugle à ce point ? Car Arthur Meyer, que l'on peut lire pour peu qu'on croise un vide-grenier, et dont le texte doit correspondre à cet esprit qu'il vante, est la démonstration vivante, quoique morte, que les pauvres en esprit s'entendent comme personne à saturer l'espace de leurs inanités mutuelles. Au point de s'imposer comme des sommets dont ils fixent eux-mêmes la prodigieuse hauteur. Sans doute aussi considèrent-ils que mieux vaut tenir que courir. Secrètement pas dupes, pas du genre à miser sur leur propre avenir, se tendant l'un à l'autre le même miroir, certains ainsi de ne se jauger qu'à l'aune de leurs semblables. Ou peut-être sont-ils aussi à ce point imbibés de leur suffisance qu'ils se persuadent d'évoluer sur les plus hautes cimes, s'appelant d'une cime à l'autre comme des montagnards, ohé Adrien Hébrard, ohé Grosclaude, ohé Capus, ohé Maurice Donnay. Et l'écho immanquablement leur répond : ohé Arthur Meyer. Mais c'est avec cette visée de si peu de consistance – entrer en littérature – que je démissionnai de la librairie, m'ôtant ma dernière chance de paraître dans le monde.

M. n'est plus. L'abus d'alcool et de cigarettes aura fini par avoir raison de sa santé, laquelle bien que solide s'était lassée d'être en permanence soumise au rude traitement qu'il lui infligeait : les Gauloises à la chaîne, les tonneaux de bière et de vin, les nuits sans sommeil toujours à la recherche d'un dernier endroit éclairé, connaissant comme sa poche la carte de Paris des fermetures tardives. Il avait beau n'y avoir jamais mis les pieds, entrant dans un bar il était comme chez lui. À peine franchie la porte, par une sorte de réflexe conditionné, son coude se levait et après avoir parcouru deux mètres en suspension venait se poser tout naturellement sur le zinc du comptoir. En compagnie de P., dont il était une sorte de père de substitution et qui avait repris ses tics, ils dérivaient de bar en bar jusqu'au petit matin. J'avais droit le lendemain au récit de leurs dérives nocturnes qu'ils présentaient comme des épopées loufoques et picaresques, peuplées d'êtres grandioses, mais derrière lesquelles je n'avais pas de mal à retrouver la poignante réalité de la nuit des ivrognes. Il m'est arrivé quelquefois de les accompagner pour ne pas rester seul ou risquer de les lasser en refusant leur invitation à les suivre. J'y allais comme on monte en première ligne. En espérant être encore en vie le lendemain, où je me traiterais de tous les noms, jurant que plus jamais. Mais c'était tentant d'être au monde, de partager un peu de leur formidable énergie. Ce qui me permettait de m'en raconter un peu.

Au cours de sa vie aventureuse, M. avait tenu un bar dans une favela de Rio. J'ai oublié comment il en était arrivé là, sans doute un mirage à la Gauguin, à quoi devait s'ajouter une liste d'impayés, mais je l'imagine sans peine devenant en quelques semaines le roi de son quartier. De cette période il avait conservé quelques bribes de vocabulaire qu'il dispensait aux Brésiliens du quartier de Flandre, mais je voyais bien que leurs réponses volubiles, heureux qu'ils étaient d'échanger avec un presque « pays », le laissaient flottant et indécis, reprenant aussitôt son français pour évoquer un souvenir de son passage là-bas. À quoi j'avais compris que dans son bar carioca on ne devait pas se lancer dans de grandes discussions philosophiques. Un pouce baissé vers un verre vide suffisait, ce qui, dans le langage international, demande à remettre ça.

Une favela n'est pas l'endroit le plus sécurisé de la terre, mais M. n'était pas du genre à se laisser intimider par les petites frappes des ruelles qui lui réclamaient une mensualité en échange d'une protection rapprochée. Il devait procéder comme au kiosque, et ceux-là ressortaient soulevés par le col de la chemise avant d'atterrir dans le caniveau. Jusqu'à un certain point, cependant. Il avait quand même été obligé de partir en catastrophe avec sa nouvelle femme brésilienne et sa petite fille, à quoi l'avaient sans doute contraint quelques arriérés. Comme d'une manière générale il ne se sentait pas tenu de rembourser ses dettes, peut-être que certains qui n'avaient pas notre indulgence s'étaient montrés pressants, voire menaçants.

De nouveau parisien il s'installa avec sa petite famille dans une loge de concierge à proximité de la rue Lepic, mais son épouse se lassa bientôt de devoir sortir seule les poubelles, balayer la cour et les escaliers, astiquer les cuivres, grimper les étages pour porter le courrier, quand lui, absorbé par sa création, s'essayait à traduire sur la toile ses impressions brésiliennes. Ce qui ne sautait pas aux yeux. Ce qui sautait aux yeux c'était une sorte de barbouillage qui arrivait trop tard. Quelques emprunts à l'« Abstraction lyrique » qui se traduisaient par de grands jets de peinture – il était de cette génération –, des détritus divers englués dans une pâte bitumeuse – il disait avoir échangé quelques mots avec Fautrier, ce qui était sans doute vrai, si M. était hâbleur il n'était pas mythomane –, parfois une lacération à la Fontana mais qui n'était peut-être que le signe de son mécontentement devant son œuvre, ses toiles concentraient les restes des divers courants de l'après-Seconde Guerre mondiale.

Lassée d'avoir à régler les ardoises des bars de la rue Lepic où il trinquait longuement avec Bernard Dimey (l'auteur de « Syracuse » et de « Mon truc en plumes » qui était aussi un pilier de bistrot), d'être obligée d'attendre avant de jeter une poubelle qu'il ait procédé à son inventaire, d'où il retirerait les pépites qui nourriraient sa création, de le voir s'abîmer, une bière à la main, dans la contemplation d'une toile et de lui laisser toutes les tâches, son épouse avait fini par déposer ses affaires sur le trottoir qu'il avait retrouvées au petit matin après une nuit arrosée, presque désolé que personne n'eût profité de l'occasion pour lui voler une des toiles appuyées contre le mur comme dans la réserve d'une galerie.

Je crois que c'est à cette occasion qu'il renoua contact avec P., lequel avait travaillé dans son kiosque avant qu'il ne le lâche pour s'envoler vers le Brésil pour un départ qu'il annonçait sans retour. Je ne sais de quoi il vécut avant de nous rejoindre quelques années plus tard, rue de Flandre. Beaucoup de la bienveillance de ceux qui l'hébergeaient et se payaient de sa fantaisie. Il partageait de nombreux traits avec le personnage joué par Michel Simon dans *Boudu sauvé des eaux*. Les diverses familles Lestingois qu'il fréquentait, souvent parce que l'épouse avait partagé un peu de sa jeunesse extravagante et en gardait la nostalgie, se battaient presque pour l'inviter. Il égayait leur dimanche. Quand il s'incrustait, après avoir ému la maîtresse de maison sur son sort, qui avait convaincu le mari qu'on pourrait peut-être l'installer quelque temps dans la chambre de bonne, le temps que sa situation s'améliore, il devenait difficile de le déloger. Ce qui revenait toujours plus ou moins à adopter la méthode radicale de son épouse brésilienne. Mais il revenait, et sa faconde, sa posture d'artiste maudit qui donnait à ses jugements sur les peintres un air à la fois d'autorité et de défiance, son esprit authentiquement anarchisant (je me souviens de cette fois où il apostropha deux policiers en tenue qui passaient en parlant devant le kiosque, leur lançant d'un ton outré : Moins fort, sinon j'appelle la police – le duo en tenue se sentant obligé de rire, ne sachant démêler ce qui relevait du bon mot ou de la provocation), ses blagues de potache que P. me racontait en se tordant de rire (ils avaient tenu ensemble un kiosque devant l'Olympia, et la canicule était telle un été que le vigile de la banque voisine, qui buvait en douce, avait demandé à M. s'il voulait bien mettre sa bouteille au frais dans le seau qu'il rangeait derrière le kiosque, sur quoi M. s'était empressé d'accepter, c'était son urinoir), sa fantaisie qui cachait mal parfois son agressivité (il était d'une susceptibilité extrême et mieux valait se montrer prudent dans la critique), son apparence de vieux clochard distingué (sa mère était une aristocrate déchue, et il avait gardé de son éducation des règles de savoir-vivre qui surprenaient venant de ce qu'on voyait de lui, comme de vouvoyer ses anciennes amies, ou exiger qu'on se tienne correctement à table), tout faisait de lui, pourvu qu'on supportât ses lubies et ses sautes d'humeur, un convive parfait pour animer le quotidien triste de la petite bourgeoisie « lestingoise ».

De son séjour carioca il avait rapporté les recettes locales dont il aimait faire profiter ses amis. Quand il se lançait en cuisine – il jouait volontiers au grand chef, ce dont témoignait le *dripping* coloré qui faisait de ses chemises des œuvres d'art – il envoyait ses fidèles dans tout Paris afin de rapporter les ingrédients d'une authentique feijoada, et les haricots d'ici et une cachaça de là, et il valait mieux ne pas se tromper au risque de devoir s'en retourner. On ne plaisantait pas avec ses recettes étoilées. Pour une seule goutte de cognac recommandée dans un plat il pouvait acheter un flacon de la marque la plus chère quand il ne disposait même pas du nécessaire. S'il estimait faire une affaire, il revenait du marché avec un brie entier au bord de l'implosion et un cageot plein de tout ce que le marchand ne jugeait pas nécessaire de remporter de crainte que ses fruits et légumes ne survivent pas à une ultime manutention. Le sens de la mesure n'était pas son fort. Mais c'est ce talent en cuisine et ses relations qui lui avaient valu, après avoir été jeté sur le trottoir, d'être embauché un temps comme cuisinier dans un restaurant brésilien qui se vantait de servir l'authentique cuisine de Bahia.

De Bahia, de Rio, ou de Pontivy, ce n'est pas le genre de détail qui empêchait M. de venir saluer les clients dans la salle après son service, truffant ses propos des mêmes quelques mots qui attestaient de son passé carioca, se lançant dans un comparatif entre les cuisines du Sertão et de Salvador où il n'avait pourtant jamais mis les pieds. Quelques semaines plus tard le restaurant affichait complet, et ce n'était pas dû à sa cuisine dont la qualité première était de tenir au corps (accompagné du geste des deux mains tenues en conque à dix centimètres de son tour de taille). Mais son succès ne le retint pas de lâcher bientôt son tablier. Il n'avait plus de temps pour peindre. Je travaillais rue de Flandre alors, et comment lui donner tort moi qui avais tout lâché pour les mêmes raisons. Et M. le savait bien qui après que j'avais quitté la librairie qui me prenait tout mon temps avait organisé la rencontre avec P. qui cherchait un remplaçant pour son kiosque.

Après avoir erré d'un endroit à l'autre il avait emménagé dans une chambre empuantie par le tabac, ses prouesses en cuisine, son hygiène mensuelle, et où se mêlaient des effluves d'encre d'imprimerie. Car il avait décidé que son art désormais, c'était l'estampe. Après l'impasse où l'avaient conduit des tentatives plus radicales à base d'épluchures et de goudron, il était revenu à la figuration et gravait à la gouge dans des planches de bois tendre avec une patience de bénédictin, lui l'impatient permanent, de beaux paysages d'un Brésil reconstitué de mémoire et des natures mortes pour lesquelles le marché lui fournissait des modèles. Il avait également réalisé un magnifique autoportrait sur lequel il apparaissait légèrement de trois quarts, l'œil soupçonneux, profondément ridé – les veinures du bois accentuant encore le vieillissement du visage –, les bouclettes de ses cheveux et de sa barbe se confondant avec la frise du cadre. À sa demande j'écrivis un texte qui accompagnait la gravure lors d'une exposition dans une salle des fêtes du quartier, et je regrette la perte de l'un et de l'autre. Je n'étais alors que celui qui vendait des journaux avec ses deux amis excentriques mais il faut croire que pour lui du moins, la cause était entendue. J'étais écrivain.

S'il s'était tourné vers la gravure et l'estampe, vers une façon plus séduisante pour l'œil aussi, c'est après s'être livré à un calcul élémentaire qui le sortait d'affaire. J'en tire tant d'exemplaires que je multiplie par tant, ce qui me fait tant – il allait enfin vivre de son talent. Comme il n'était pas du genre à bouder un investissement en vue d'un profit futur qui ne pouvait être que mirobolant, il avait acheté une presse en bénéficiant de je ne sais plus quelle opportunité faramineuse, il ne pouvait pas laisser passer une telle occasion, c'était un cadeau tombé du ciel. Tombé mais à monter au deuxième étage de sa chambre. Pour quoi il avait mobilisé Norbert, Chirac et compagnie qu'il considérait comme ses *boys*. La presse occupait la moitié de l'espace disponible de sorte qu'il ne tarda pas à lui confier d'autres fonctions. Elle servait aussi de planche à découper, plus épisodiquement de table à repasser. Il y pressait même sa pâte à pizza. D'une certaine manière il réunissait ses deux passions : l'art et la cuisine.

Dans une précédente vie, cédant à la mode du retour à la campagne lors de la première vague écologiste, retiré avec sa famille dans une maison en pleine nature, il s'était pris pour Soutine, accrochant aux poutres des carcasses de poulets en décomposition dont il attendait qu'elles lui fournissent la matière de l'œuvre à venir. Ce que n'avait pas non plus supporté son épouse d'alors qui devait s'occuper seule, après une journée de travail dans l'administration, de l'élevage des poules et des lapins censé assurer leur reconversion. Elle partit emportant ses deux enfants et lui laissant les poules et les lapins, lesquels, après ouverture des portes, retournèrent à la vie sauvage. S'il y a une prolifération surprenante des uns et des autres dans ce coin du Périgord noir, c'est à M. qu'on le doit.

Dans les dernières années de sa vie, bénéficiant d'une petite retraite, il quittait Paris et s'installait dans un village perdu de Bretagne. Amputé d'une jambe et demie suite à ses excès, forcé de se déplacer en fauteuil roulant, il trouvait encore le moyen, quelques semaines après son emménagement, d'être le seigneur du canton comme partout où il passait. Il mobilisait à son profit la foule de ses « sujets » qui mettaient d'autant plus d'énergie à le satisfaire qu'ils étaient sensibles à son infirmité. Il était capable de les réveiller au milieu de la nuit pour leur commander un tube de couleur magenta de telle marque et non de telle autre dont il avait un besoin urgent pour finir une toile. Ce qui ne pouvait attendre. Et ceux-là, sommés par le maître, s'exécutaient, sautant dans leur voiture pour être présents à l'ouverture d'un magasin des beaux-arts à Quimper ou Lorient. À celui-là, l'ami de la dernière heure, qui profitant d'une rencontre en librairie, me racontait la suite et la fin des aventures de M. dont j'avais eu connaissance par P. lors de passages au kiosque après ma défection, je confirmai que nous avions bien connu le même homme. Il se rappelait qu'il avait été quelquefois question du vendeur de journaux devenu écrivain dans leurs conversations. M. inchangé, rêvant encore jusqu'à sa dernière heure d'une reconnaissance artistique qu'il confiait désormais à la postérité. Ce que je gardai pour moi c'est que ce destin triste du peintre maudit, j'avais longtemps redouté qu'il fût le mien.

C'est par lui que j'avais rencontré P. dans un de ces petits bistrots de Montmartre où il était connu comme le loup blanc. Nous étions à l'heure de l'apéritif, à la tombée du soir dans une ruelle proche de la place des Abbesses qui était alors une friche, pas tout à fait à l'abandon puisqu'on venait d'y découvrir un clochard assassiné. Barbe blanche et barbe noire se rafraîchissaient leurs souvenirs communs du temps du kiosque devant l'Olympia, riant jusqu'à faire voler la mousse de leur demi de bière au moment d'y tremper les lèvres. Les noms défilaient, les portraits, les histoires incontournables de la profession, d'invendus vendus et de retours qui ne retournaient jamais. J'essayais de me joindre à l'hilarité mais outre que je n'avais ni leur fantaisie ni leur sens de la drôlerie, il me manquait, pour savourer leurs bonnes blagues, que le métier me rentre dans le corps, qui me rentrerait bientôt par tous les temps, à toutes les heures de la journée, par les doigts engourdis et les pieds gelés, par les envies pressantes et la fièvre qui gagne quand on ne peut déserter sa place.

P. venait d'obtenir la gérance d'un kiosque à Montparnasse, face au café de La Tour, disparu lui aussi, où il ne tarda pas à avoir ses habitudes. La gérance, ça voulait dire que la ville lui attribuait un kiosque dont il posséderait et gérerait le fonds de presse fourni par les NMPP, l'organisme de distribution qui a depuis changé d'intitulé au profit de Presstalis. Jusque-là il n'avait eu qu'un statut d'employé. C'était donc une promotion et la perspective d'un peu plus d'aisance. Devenu quasi-patron il s'expliquait avec son double anarchiste (c'était selon lui une façon de poursuivre la lutte par d'autres moyens, une sorte d'entrisme même si le concept relevait de la stratégie trotskiste dont la visée était la prise du pouvoir, ce qui n'était pas le cas chez les anars) et se dédouanait de son crime de haute trahison (de la classe ouvrière) en promouvant par une mise en place bien visible les journaux de la FA (Fédération anarchiste).

Une quinzaine d'années avaient passé depuis 68 et je reconnaissais dans son aspect – barbe fournie, cheveux longs, ensemble noir –, dans son discours révolutionnaire ressassé, presque pavlovien, un soldat perdu du mois de mai. Il disait y avoir participé, mais de loin à ce qu'il me semblait. Peut-être était-il passé un soir près de la Sorbonne occupée, peut-être y était-il même entré avec cet air qu'il avait de paraître fureter, la pipe au bec, les mains derrière le dos. Mais comme il n'était pas vantard il convenait de s'en tenir à ce qu'il racontait et bien se garder de l'imaginer arrachant les pavés ou incendiant une voiture. En sept ans de fréquentation j'aurais été au courant. C'est évidemment dans un bar qu'il avait rencontré M., lequel était alors gérant du kiosque de l'Olympia, ayant profité d'un passe-droit d'un directeur de je ne sais quoi aux NMPP, mari d'une amie – ou plus – de jeunesse, ce qui ne l'avait pas empêché de prendre la tête de la rébellion des marchands de journaux contre son mécène qui dans le même temps se barricadait dans ses locaux de la rue Réaumur. La complicité des deux amis était grande et avait fonctionné en miroir. M. avait proposé à P. de venir travailler avec lui une fois la fièvre retombée. Après quoi P. avait rencontré sa grande belle femme et l'heure étant au retour à la nature, il l'avait entraînée dans les montagnes d'Ariège en même temps que M. partait à la campagne dans l'espoir de se frayer un chemin entre la raie de Chardin et le bœuf écorché de Soutine. Ni l'un ni l'autre ne possédant la fibre agricole, aussi peu doués pour le bricolage, les deux expériences néo-rurales avaient tourné court.

Ce qui nous réunissait dans ce bistrot de Montmartre, ce n'étaient pas simplement les hasards de la vie ou le jeu des relations. Nous étions tous les trois des sortes de naufragés volontaires. Quelles que soient les raisons, personnelles ou relevant de l'histoire récente du pays, aucun de nous n'avait eu le désir de se fondre dans une vie programmée, ce qui, de l'extérieur, donnait l'image de ratés et de paresseux. De l'intérieur, on considérait les choses autrement. « Plutôt la vie avec ses salons d'attente/Lorsqu'on sait qu'on ne sera pas introduit », dit Breton. Introduits, nous ne l'avions été nulle part. Quelquefois embarqués et toujours débarqués pour incompatibilité avec les lois fondamentales du monde du travail et de la promotion sociale. Restait alors, pour ne pas mourir de faim et « gagner sa vie honnêtement », à compter sur cet esprit d'entraide des marginaux. Et ce qu'on leur réservait, à ceux-là, ce qu'ils se refilaient entre eux de bouche à oreille et que je pratiquais depuis un moment déjà, ne demandait en général aucune qualification, puisque se situant immanquablement au bas de l'échelle. En échange de ce peu de considération qu'on lisait sans peine dans le regard des gens installés (mais qui vous dévisageaient comme le chien de la fable le loup maigre, avec effroi et envie) on bénéficiait d'un régime de semi-liberté tenu comme un moindre mal, le résultat d'une compromission minimale, en dessous de quoi, pour peu que l'on tînt à survivre, le choix se réduisait à la mendicité ou à la délinquance. Sur ce point la vente des journaux remplissait notre cahier des charges de réfractaires à l'autorité et au modèle dominant.

En dépit de son passé contestataire et de ses déclarations tonitruantes une fois avalée une palette de bières, P. se montrait d'une grande rigueur et d'une grande honnêteté dans son métier. Ce qui me surprit quand je commençai de travailler avec lui, ce qui ne cadrait pas avec la conception du travail des marginaux plutôt enclins à bâcler et camoufler l'intérêt qu'ils pouvaient y prendre pour ne pas se donner à eux-mêmes le sentiment de pactiser avec le système. Ce qui en revanche collait bien avec mon passé chouan et l'exemple familial où on ne plaisantait pas avec la droiture qui représentait la clé de voûte de nos valeurs chrétiennes. Bien qu'il fût placé au sommet des béatitudes révolutionnaires, je n'étais jamais parvenu à considérer le vol autrement que comme quelque chose qui ne se fait pas. En d'autres occasions j'avais souvent dû me forcer pour ne pas laisser paraître mon désaccord avec certaines pratiques. Lorsque circulaient des histoires de braquage d'une poste avec un pistolet d'enfant, ce qui passait pour une action quasi caritative, je ne pouvais m'empêcher de penser d'abord à la peur de la postière ou du postier. P. me fit retrouver mon étiage, rejoindre ma pente native du temps que nous servions dans le magasin de vaisselle. J'avais même un avantage sur lui qui ne venait pas du petit commerce et ne se montrait pas empressé auprès des clients, moins de crainte de passer pour quelqu'un de servile que parce qu'il ne savait pas forcer sa nature qui était celle d'un petit garçon solitaire. D'autant qu'avec M. il n'avait pas été sur ce point à la meilleure école, qui estimait ne se sentir nullement tenu par ce qui s'appellerait un esprit commerçant. Il considérait qu'il n'était pas là pour égayer les acheteurs, les envoyant sur les roses quand ils s'autorisaient avec mille précautions à lui demander s'il ne pourrait pas échanger ce magazine qu'il venait de leur tendre contre le même mais dont la couverture ne serait pas à moitié arrachée. Ce qu'il valait mieux éviter si on était sensible au rabrouement. Mais pour l'instant j'ignorais qu'on pût se comporter dans le petit commerce autrement qu'en se pliant en quatre pour satisfaire le client.

Pour celui qui vient de là, il s'agit simplement de répondre de la meilleure façon, qui implique, qui impliquait pour nous en tout cas, la gentillesse, à une demande légitime de celui qui a poussé la porte du magasin en espérant y trouver son bonheur. Notre mère considérait que la satisfaction du client était sa principale rétribution. Quand la transaction se passait dans un mauvais esprit, quel que soit le bénéfice pour la recette de la journée, elle n'y trouvait pas son compte. De même qu'elle renvoyait sévèrement ceux qui lui suggéraient une ristourne au motif qu'ils avaient quinze enfants. Ses prix étaient établis au plus serré, de quoi lui permettre tout juste de poursuivre son activité et d'en vivre petitement. Cette demande de rabais à la carte, c'était la suspecter de se mitonner des marges astronomiques, ce qui dans son cahier de droiture s'apparentait au vol, et d'abuser ses clients, soupçon pour elle insupportable. Et quand bien même elle eût été en mesure d'accéder à cette demande de passe-droit, elle ne voyait pas au nom de quoi elle aurait accordé à certains ce dont elle aurait privé les autres, ce qui n'allait pas avec son idée de la justice qui est la seule justice qui vaille.

Derrière mon étal de journaux, retrouvant les vieux réflexes du magasin de Campbon, j'approchais un peu de ce qu'elle avait ressenti pendant toutes ses années de solitude après la mort de son mari. Ses enfants partis le magasin était devenu son unique objet, qu'elle avait transformé en grande scène du monde, jouant le même rôle depuis trente ans, avec ses répliques toutes faites – et n'hésitez pas à revenir le changer si le cadeau ne convient pas – ou improvisées, quand elle balayait d'une réplique dédaigneuse la cliente qui s'inquiétait de ce que devenait son fils : il vit sa vie, sous-entendu vous aimeriez que je me lamente de son peu de réussite lui qui brillait jadis, mais sachez qu'il a toute ma confiance. Mais quelle ironie pour moi dans mon théâtre de marionnettes posé sur le trottoir parisien de remettre mes pas dans mes petits pas de jadis. Comme si j'avais décidé de braver l'interdit maternel : tout sauf le commerce, nous avait-elle répété. Visiblement, on rattrape ce qu'on fuit.

D'une certaine façon, par son sérieux, sa conscience professionnelle, le côté méticuleux de ses gestes, P. m'obligeait à me retourner sur une enfance passée entre la cuisine et le magasin dont la sonnette de la porte d'entrée valait pour une sommation. Le commerce, je l'avais volontairement gommé de la carte de mon imaginaire. Il était entendu que ma vie se passerait ailleurs (elle y repasserait, mais c'est une autre histoire). Je n'avais pas été aidé non plus par la fréquentation universitaire d'une jeunesse contestataire pour laquelle, sur l'échelle des valeurs révolutionnaires où trônait en majesté l'ouvrier, le petit commerçant était considéré comme le coupe-jarret du grand capital. Représenté sur le mur de la chapelle Sixtine, il aurait rejoint dans leur chute les damnés de la finance internationale. Ceux-là y avaient pleinement leur place mais je ne voyais pas en quoi notre mère aurait dû plonger dans les flammes, elle qui jusqu'au bout ignora la notion de profit.

Je n'étais pas de taille alors à émettre un distinguo et prudemment, quand elle se posait, j'esquivais la question de mon ascendance, m'appuyant de préférence sur un père mort qui coupait court à toute contestation. Sans doute que je n'aurais pas reçu de la même façon les leçons de P. si elles n'avaient pas été couvertes par un engagement politique sincère de sa part. Venant de quelqu'un d'autre, et de l'autre bord, je les aurais rejetées. Mais P. n'était pas suspect de chercher le profit à tout prix. Le peu qu'il amassa dans une vie de labeur plaide pour lui. Et il fut d'une grande générosité avec moi. L'idée qu'il pût s'enrichir sur le dos de ceux qu'il employait ne lui traversa jamais l'esprit. Pour les salaires, il ne me dépassait pas de beaucoup. C'est pourquoi j'acceptais ses reproches quand il considérait que je ne faisais pas mon travail comme il l'entendait. Comment bien ranger les invendus dans les bacs, ce qui permettait de retrouver plus facilement les revues lorsqu'un retardataire s'avisait d'avoir oublié d'acheter le numéro du mois précédent au moment où le nouveau paraissait, comment sur les bordereaux d'invendus bien aligner les chiffres les uns en dessous des autres, et non en zigzag comme je procédais, ce qui rendait les additions acrobatiques et les résultats parfois fantaisistes, comment pour un manquement de quelques centimes dans le règlement d'un journal il valait mieux suggérer au client à court de monnaie de régulariser la prochaine fois plutôt que passer l'éponge comme j'avais tendance à le faire. Me jugeant plus généreux peut-être. Mais P. voyait juste. Les clients aimaient le lendemain ou les jours suivants – ce qui les obligeait à nous rafraîchir la mémoire – régler leur dette. Il ne s'agissait pas tant pour eux de s'honorer de leur honnêteté que de justifier la confiance que P. leur avait accordée.

À chacune de ses remarques ma première réaction était de me vexer. Comme si j'étais pris en défaut par un professeur sourcilleux barrant de rouge ma copie. Je veillais à ne rien laisser paraître de ma susceptibilité, ravalais mes objections et je laissais P. m'expliquer la meilleure façon de procéder. Par exemple pour les bordereaux d'invendus, aligner les unités en dessous des unités, les dizaines en dessous des dizaines, bien former les chiffres, qu'on ne confonde pas un trois avec un cinq ou un huit. Ce qui ne se fit pas du jour au lendemain, mais patiemment, au fil des mois, P. m'amena à partager ses vues. Ce qui voulait dire que j'acceptais d'être celui-là qui vend sérieusement des journaux, et non ce dilettante aux aspirations plus hautes concédant à une activité passagère, s'arrangeant, par des remarques, un ton, une attitude discordantes, à ce qu'on ne l'assimile pas à sa fonction. C'est de la sorte que je m'appliquai à répondre honnêtement à la question « Que faites-vous dans la vie ? – Je vends des journaux », et à m'en tenir là sans me lancer dans des explications invalidantes sur mes motivations réelles, mes études et tout ce qui pouvait redorer un blason peu reluisant. À moi d'apporter la preuve de mes talents. Jusque-là on ne la ramène pas. On accepte de soi ce qu'on donne à voir.

Étant déjà convaincu que l'écriture n'est pas cette manifestation éthérée d'un esprit créateur sans nulle accointance avec la conformation et la vie de son auteur, mais que l'un agit sur l'autre, et considérant que mes alignements bancals de chiffres, mes bacs d'invendus rangés n'importe comment, mes accès de générosité traduisaient un défaut de rigueur et de méthode que je n'avais pas de mal à reconnaître même si je ne le criais pas sur les toits, défaut passé au profit de l'expression de la liberté souveraine et du refus des contraintes bien dans l'air du temps, de retour devant ma machine à écrire, j'appliquais les préceptes d'ordonnancement de P. à mes phrases qui avaient aussi tendance à zigzaguer. Je distinguais mieux comment l'esprit d'escalier, rebondissant d'image en image, pouvait m'entraîner très loin de mon intention initiale comme la somme fantaisiste de mes colonnes de chiffres. Cette divagation sautillante de marabout en bout de ficelle avait besoin d'une main courante pour ne pas éparpiller un récit démembré aux quatre vents. Quoiqu'il ne le sût jamais, P. fut aussi pour moi, à sa manière, scrupuleuse, méthodique, un maître en écriture.

Hormis les périodes d'excès et de débordements qui suivirent la mort tragique de sa femme il était un modèle pour la profession qui se tournait vers lui à chaque avis de tempête. Ce qui expliquait sans doute que le journal l'ait sollicité pour sa dernière page. Son éclairage était étayé par quarante ans de pratique. De l'état de la presse papier en ce début du XXIe siècle il pouvait parler en connaissance de cause. Il avait connu ses plus grandes heures, lorsque *France-Soir* sortait cinq ou six éditions par jour, et peu à peu assisté à son déclin, que l'arrivée concomitante des journaux gratuits, des versions numériques et des tablettes avait conduit à sa mort clinique.

Le kiosque de Montparnasse en haut de la rue de Rennes n'avait été qu'un transit, une solution d'attente avant d'intégrer celui qu'on lui destinait dans le 19e arrondissement et qui serait une création de poste. De rien il devrait faire surgir sur le trottoir du quartier de Flandre une maisonnette de la presse qui, pour l'heure, se montait dans les ateliers d'assemblage de la Ville de Paris installés rue Duvergier. Ce qui prouve bien qu'on faisait confiance à son savoir-faire et son sens de la responsabilité. Il s'était beaucoup investi pour qu'on lui confie cette gérance et montrait beaucoup de considération pour celui qu'il avait courtisé et dont dépendrait la réussite ou non de sa candidature.

Quand il évoquait le Syndicat du livre qui avait un rôle important dans l'attribution des kiosques, revenait sans cesse dans sa conversation le nom de son représentant. Il en parlait avec déférence, importance et respect comme un employé de magasin parle de son chef de rayon, au point qu'on se demande si ce n'est pas le président de la République qui va déboucher de derrière les gondoles. Ce qui me surprenait toujours venant de quelqu'un censé dénoncer et repousser toute autorité ne relevant que d'une position hiérarchique sociale et non de la valeur de l'individu. Mais sans doute que rôdait autour de lui la figure du père inconstant qui avait cruellement manqué à son enfance, ce qui n'avait pas été non plus pour rien dans son engagement auprès de la Fédération anarchiste. À sa manière, comme son père pendant la Résistance, il cherchait aussi à dynamiter quelque chose. Mais quoi ? Il ne semblait pas trop fixé, étant davantage adepte d'une vie tranquille, ce qu'il avait cherché avec sa compagne dans les montagnes d'Ariège. Mais là aussi, à travers le disparu, nous pouvions nous retrouver. Moi qui avais envoyé promener tous ceux qui se présentaient comme un substitut paternel, j'allais quelques années plus tard, au terme de cette expérience de sept années dans le kiosque, plier le genou devant la statue du Commandeur, l'éditeur de Beckett et de Claude Simon, quand il me commanda d'écrire un roman et d'en finir avec mes expérimentations poétiques hasardeuses. « Vous n'êtes pas penseur, vous n'êtes pas philosophe, vous n'êtes pas essayiste, vous êtes romancier. » Mais lui-même, des années plus tard, alors que je la lui rappelais, ne se souvenait plus de m'avoir lancé cette phrase sentencieuse. Peut-être que je l'ai rêvée.

Mais c'est par cette figure mythique du « Syndicat » – et quand P. l'évoquait il me semblait entendre quelque chose comme l'*angkar* – que P. obtint sa nomination au kiosque nouvellement créé de la rue de Flandre après qu'il eut accepté cette gérance momentanée de la place du 18-Juin, en haut de la rue de Rennes. Qui dura quelques mois et où je fis mes premières armes, des remplacements épisodiques. À côté de notre kiosque s'était installée une jeune femme qui proposait aux passants de plastifier leurs cartes d'identité et autres documents officiels. Sa machine, posée sur une petite table pliante, du genre de celles dont se servent les vendeurs à la coupe des supermarchés pour empaqueter deux tranches de jambon, avait besoin d'une prise, et il n'y avait pas à suivre longtemps le câble d'alimentation pour découvrir qu'il conduisait droit au kiosque. Je n'ai jamais su si c'était à cause de ce branchement à la sauvette que P. et elle s'étaient rencontrés ou s'ils se connaissaient avant. Car elle aussi fréquentait les bars et avec plus de dommages que lui encore. Mais c'était bien dans la manière de P. de proposer gracieusement son compteur électrique pour qu'elle puisse développer son petit commerce. Même si, étant donné le volume de ses affaires, la consommation ne devait pas être astronomique. Ils devaient se retrouver plus tard, tenter de consoler leurs chagrins mutuels, mais ils ne réussirent qu'à ajouter des larmes aux larmes et ce n'est que par un sevrage radical que P. mit fin et à son histoire et à ses dérives nocturnes.

Quand le kiosque à l'esthétique futuriste de la rue de Flandre fut installé, premier de sa génération, dont nous étions les pionniers, nous déménageâmes dans le 19e arrondissement. À ce moment M. n'était pas de la partie. Revenu depuis peu du Brésil, il n'avait pas envie de repiquer dans la vente des journaux qui n'avait été pour lui qu'une solution d'attente dans l'espérance que son talent d'artiste soit reconnu et lui permette de vivre. Ce qui est le vœu de tout créateur. Reprendre le kiosque, c'était presque un aveu d'échec pour lui. Ne voyant toujours rien venir, il y reviendrait plus tard. Mais il était d'autant mieux à même de comprendre ma position. J'étais lui vingt ou vingt-cinq ans plus tôt. Ce qui, d'une certaine manière, n'avait rien de rassurant pour moi. Je n'avais pas besoin de me projeter beaucoup dans le futur pour me voir à sa place. Mon espérance de vie ne tenait qu'à ce fil de l'écriture que je déroulais sur la machine à écrire et auquel j'avais confié mon salut. Comme lui s'en était remis à ses pinceaux. Et avec raison. Artiste, M. l'était. Pleinement. Mais il l'était comme au temps de l'école de Barbizon, avec foulard autour du cou, barbe et cheveux longs, parlant fort dans les cafés, et par ses reparties souvent cinglantes et drôles se donnant le genre du peintre incompris fustigeant la bourgeoisie.

D'une certaine manière il était une persistance de cette idée qu'on se faisait de l'artiste du temps de Murger et de sa bohème. Voire dans la chanson d'Aznavour : Je vous parle d'un temps / Que les moins de vingt ans / Ne peuvent pas connaître. Un artiste, ça détonne dans le paysage, ça laisse des ardoises un peu partout dans les bars et les épiceries comme autant de petits cailloux semés sur son passage, et jusque-là ça pouvait payer en croquis et tableaux. Mais si la patronne du café de Montparnasse, que fréquentait aussi Cendrars, acceptait les dessins de Modigliani c'était plus par charité et sympathie pour le bel Italien que par conviction artistique. De toute façon ce mode de règlement était passé. M. eût été un « ambianceur » formidable au Bateau-Lavoir mais il était arrivé trop tard. Si un cafetier acceptait d'accrocher une de ses toiles sur l'un de ses murs, ce n'était pas pour effacer son addition. M. l'avait convaincu que sa peinture donnerait à son établissement une touche de modernité qui attirerait une clientèle plus jeune et le cafetier par amitié avait feint de le croire.

Il promenait sa silhouette bohème dans le quartier de Flandre. La chemise toujours ouverte, le ventre en avant, ne craignant pas le froid, apostrophant les uns et les autres, et copinant avec tous les poivrots pour qui il était un trésor vivant et qui s'émerveillaient de compter parmi leurs connaissances un grand peintre. Ce qui me dissuadait de jouer à l'écrivain quand bien même ça ne me venait pas à l'idée, ce dont même je tentais de me prémunir en répondant à ceux qui s'inquiétaient de ma profession que je vendais des journaux. Avec lui, dont j'aurais pu signer les propos sur l'art, j'apprenais que la lucidité n'est pas un gage de lucidité. Avec les mêmes analyses, le concernant, et je gardais mes conclusions pour moi, nous n'arrivions pas au même résultat. Il s'imaginait encore un avenir quand je voyais qu'il s'enfuyait derrière lui.

À son retour du Brésil il avait adopté pour ses œuvres une facture réaliste où on découvrait que ce provocateur-né qui avait expérimenté toutes les dérives de l'art contemporain pouvait être un grand dessinateur, avec un sens délicat des couleurs en aplat quand il s'adonna à l'estampe et à l'encre. Mais lui aurait-on présenté ses gravures actuelles vingt ans plus tôt il les aurait rejetées violemment comme de simples manifestations d'un académisme bourgeois. Il avait épousé la cause du siècle, ce geste rageur et ravageur de la table rase par quoi toute table nouvellement dressée devait être renversée. Les artistes firent ça très bien. Après la représentation du monde ils s'étaient débarrassés de la toile et de la peinture elle-même, poussant l'autodafé jusqu'à réduire l'œuvre au simple regard sur un objet usuel, et plus tard à sa seule intention. C'est de l'art parce que je dis que c'est de l'art. Ceci n'est pas de l'art donc ça ne peut être que de l'art. Et c'est à ce point d'escamotage qui tirait un trait sur un geste remontant au paléolithique supérieur que M. avait capitulé. Son sens de la repartie ne lui était d'aucune utilité face à ces apories esthétiques. Il déplorait toujours la faiblesse de son discours, expliquant que ses œuvres parlaient pour lui mieux qu'il ne le ferait – ce qui relevait d'une conception ancienne qui n'avait plus cours. De fait il n'avait pas besoin de m'expliquer quand il me les montrait. Elles me disaient très clairement par où il était passé, et où il en était, qui ne correspondait plus aux canons de la création contemporaine. En cette fin de siècle les œuvres ne parlaient plus, réduites à la seule ventriloquie du créateur. Et c'est de la sorte que M. avait fait machine arrière, renoncé à ses expérimentations de jadis et repris à dessiner à l'encre des chapelles baroques brésiliennes et des barques aux couleurs vives échouées sur une plage.

Je n'avais pas besoin d'un grand effort pour me transposer dans le parcours de M. Mais appliquer le procédé à la littérature se révélait plus délicat. L'option radicale rimbaldienne du silence étant difficilement compatible avec le désir de faire parler de soi, restait pour attirer l'attention des « Modernes » le méli-mélo syntaxique et sémantique, le brouhaha sonore, où le sens était congédié derrière une suite aléatoire de phonèmes, ce qui ne disait rien d'autre que la confusion, qui somme toute était réelle. Cette incitation permanente à brûler ses vaisseaux condamnait à des ruptures incessantes, la chose créée devant être immédiatement détruite comme cette bande magnétique qui confiait sa mission à l'agent secret de *Mission : impossible*. À chaque expérience il fallait pousser plus loin. Encore trop lisible l'imposteur de Meudon avec ses trois points qui sont des trappes à non-dit, pas assez radical le travail de déconstruction entrepris par Joyce dans son *Finnegans Wake* que personne n'avait lu mais dont on se repassait par ouï-dire le projet mistigri. Mais contrairement à l'art qui de bûcher en bûcher donne à goûter ses notes de cendres comme on le fait d'un vin, la langue, quand elle cesse de dire, n'est plus la langue.

Vingt-cinq ans devant moi, avec une grande similitude de vie et de parcours, M. me montrait le chemin qui conduit à l'échec lamentable de ses aspirations. Même volonté de s'afficher comme un créateur, même besoin de reconnaissance, même souci formel qui l'avait conduit à coller des détritus sur ses toiles goudronnées pour manifester la violence des temps – et pour moi c'étaient mes phrases déconstruites qui dans le refus de la syntaxe et des règles grammaticales finissaient par ne rien dire d'autre qu'un chaos verbal –, même évolution vers un retour au réel qui équivalait à une forme de reddition de l'idée de la modernité et de désaveu du travail passé. Autrement dit, sur cette voie de la création, toujours un train de retard. Ce qui n'était pas tout à fait vrai, mais c'était mon analyse alors et je craignais qu'elle me soit aussi fatale que pour lui.

Après avoir démissionné de la librairie j'avais terminé et envoyé aux éditeurs *Décembre. Matin de.* Les réponses s'étaient étalées sur plusieurs mois et m'avaient valu certaines marques d'intérêt : un encouragement à poursuivre, l'attente du prochain, une phrase disséquant en termes louangeurs un des aspects du manuscrit. Ce qui revient à verser une goutte de consolation dans la coupe du dépit. Mais de dépit pas vraiment. Pour l'heure, d'éviter la peine infamante des formules rituelles de refus – en dépit de ses qualités, n'entre pas dans le cadre de nos collections, malheureusement notre comité de lecture, etc. – m'entretenait dans cette illusion que je ne m'illusionnais pas complètement sur un talent que j'étais seul à me prêter. Mon intuition, ma seule intuition, se trouvait en quelque sorte confirmée par ces réponses en demi-teinte. Ce n'était pas encore ça mais il y avait de ça quand même. Ça quoi ? Ça qu'on appelle la littérature. Ce que je présentais était loin d'emporter mon adhésion, du moins y avait-on décelé quelques éclats qu'un travail de taille plus abouti mettrait en pleine lumière. Mais si peu solidaire de mon travail que, convoqué par deux ou trois éditeurs, devinant leurs réticences à franchir le pas bien que séduits, au lieu d'argumenter en faveur de mon livre, j'abondais dans le sens de leurs hésitations, leur fournissant des raisons plus convaincantes encore de ne pas le retenir. Ce qui, je voyais bien, les soulageait. Ils m'auraient embrassé. Du coup nous étions heureux de nous serrer la main au moment de nous séparer, en nous souhaitant mutuellement de se revoir bientôt. Au prochain, n'est-ce pas ?

L'un d'eux, insensible à mes objections, ou par esprit de contradiction, ou parce qu'il pensait vraiment que le livre avait un intérêt, prit même la décision de sa publication. Lui-même était un écrivain raffiné, fumant avec beaucoup de distinction cigarette sur cigarette, ce qui lui donnait une voix grave. Il avait connu un succès d'estime avec des ouvrages érotiques. La littérature érotique, nécessairement transgressive, était alors bien en cour auprès des Modernes. Elle avait ses phares, Mandiargues, Klossowski, et sa bible, *Histoire d'O*. Elle avait cet avantage d'incarner la subversion des valeurs sans remettre en cause la forme même, d'où ce recours au parrainage de Sade, quand il eût été suicidaire pour un romancier se piquant d'expérimentation littéraire de se recommander de Balzac. Cet avantage n'allait pas sans paradoxe. Quand le réalisme littéraire était blâmé par les maîtres du langage qui y voyaient le symptôme de l'« illusion représentative », la littérature érotique ne pouvait s'en passer sous peine de perdre son pouvoir de séduction. Pas d'éloge possible de la perversion dans un chaos sémantique où une chatte ne reconnaîtrait pas ses petits. La littérature érotique donne nécessairement à voir. Du coup elle bénéficiait d'un effet de « scandale » tout en faisant l'économie d'une déconstruction radicale de la parole poétique. Elle pouvait même s'autoriser une langue précieuse par quoi elle se prémunissait contre tout soupçon de vulgarité quand la moindre description en courait le risque. On vantait d'autant mieux cette littérature qu'elle se piquait d'un esthétisme décadent. Vérifiant à chaque fois ce simple constat : la critique est conventionnelle.

Malheureusement pour moi, ce n'était pas le sujet où j'évoluais le plus à mon aise, et même pas du tout. Il me renvoyait à ce tiraillement dans ma vie entre les années austères de mon enfance et le monde libertaire d'après 68 qui avait accompagné et nourri mes études universitaires. Il y a des révolutions qui ne sont pas perdues pour tout le monde. Celle-ci m'avait permis d'échapper aux mornes cadences d'une existence rangée que de toute façon j'aurais été incapable de mener. Sans doute pourquoi je n'avais pas hésité à sauter dans le premier train à passer. Elle avait glissé dans mon jeu pieux une carte insolite, pernicieuse, un permis de vivre autrement qui jurait avec ses voisines revêches. Mais en soi elle se révélait pauvre, poétiquement pauvre.

Toute la beauté était restée en arrière. Une beauté étrange, si peu dans l'air du temps, avec rosaires, tante Marie, pudibonderie, chemin de croix et zouaves pontificaux, avec ivrognerie et droiture, parole donnée et rareté de mots. Ce que j'avais commencé de découvrir, avec *Décembre. Matin de*, c'est qu'il me faudrait composer, sous peine d'une dépossession totale de ce qui me fonde, avec mon imaginaire de Loire-Inférieure. Or rien dans cet arsenal ne coïncidait avec les canons de la modernité. Comparé aux cartes érotiques de mon interlocuteur, j'avais dans ma main un jeu de rosière.

Face à lui j'essayais de donner le change comme je pouvais. Pas question de passer pour un chantre coincé de la réaction. Mes cartes pieuses pour l'instant, je me retenais de les retourner, jurant comme saint Pierre ne connaissant pas cet homme, qu'elles avaient dû tomber du portefeuille d'un passant. J'avais heureusement pour moi de m'intéresser à la poésie et aux philosophies chinoise et japonaise, ce qui me sauvait la mise quand la conversation déviait vers des terrains mouvants. Le haïku était encore confidentiel, peu de publications, et j'avais toujours la ressource de trois vers de Bashô ou de Buson quand je sentais monter à mes joues la rougeur d'Edmée de Sponde, ou une réplique d'un maître Tch'an à un disciple, réplique abrupte destinée à le lancer sur la voie de l'illumination, du genre pourquoi quelque chose plutôt que rien, réponse je reprendrais bien un petit verre, et que l'on retrouve dans mon premier livre, mais comme dénoncée, comme si je m'étais remis depuis de ces fariboles qui m'avaient servi un temps à m'éloigner de la géographie de mon enfance. Mais ce cap à l'est toute n'avait été qu'une manœuvre de contournement pour revenir à mon point de départ.

L'ouest humide, je le reconnaissais dans les estampes d'Hiroshige avec cette pluie de traits rayant à l'oblique une vue du Tôkaidô. Pour trouver ses reproductions, quand nulle édition en français n'était disponible, j'avais pris l'habitude de fréquenter la librairie japonaise de la rue Sainte-Anne, près de l'Opéra. On y trouvait de magnifiques éditions dans des coffrets cartonnés, imprimées sur un papier épais, ivoire, mat, aux tonalités assourdies, comme des papillons épinglés perdant leur éclat dans leur cadre vitré. Ce qui donnait paradoxalement davantage de vie aux scènes représentées, au lieu que des teintes claquantes nous auraient renvoyés à ces films prétendant à une reconstitution historique minutieuse, comme si on y était en somme. Or, à quoi bon se raconter dcs histoires, nous n'y sommes plus. Ce fané des couleurs me disait la déperdition d'essence, de substance, qu'à distance j'étais invité à tenter de recomposer. Les idéogrammes japonais accompagnant les gravures du maître ne m'étaient pas d'un grand secours, mais je m'apercevais en admirant ses planches que je parlais très bien le langage de la pluie, par exemple, de ces petits hommes affairés courant s'abriter, de ces femmes élégantes, trottinant sur leurs socques, dans lesquelles je pouvais reconnaître ma mère toujours empressée sur ses petits talons. À travers le temps et l'espace, nous nous comprenions, lui et moi.

L'éditeur avait été impressionné par la précipitation de mon verbe lors de notre entretien. Je lui rappelais me dit-il le directeur des éditions L'Âge d'Homme. Ne l'ayant jamais entendu je ne pouvais décider si la comparaison était flatteuse ou non, du moins avait-elle le mérite de trouver son pendant dans le sérail. Il m'écoutait en me fixant à travers la fumée de sa cigarette, intrigué par ma logorrhée, y voyant peut-être le signe d'un talent singulier, m'interrompant quelquefois de sa voix de fumeur, cherchant visiblement sur quoi s'appuyer pour convaincre la direction de retenir mon manuscrit. Je ne lui ai jamais rendu hommage quand il fut le tout premier à s'intéresser vraiment à mon travail. La raison de mon silence c'est que je n'étais pas très fier de ce manuscrit. Mais il est trop tard pour qu'il l'apprenne, je viens de découvrir qu'il est décédé en 2004. Il s'appelait Michel Bernard et était l'auteur de *La Négresse muette*.

J'étais allé vers sa maison d'édition parce qu'elle avait publié Louis Calaferte, dont j'avais lu plusieurs tomes du journal avec passion, y rencontrant un frère en écriture. Cette radicalité que j'y trouvais me parlait, m'aidait à supporter l'obscurité et les cahots de mon chemin poétique autant que les conditions de vie spartiates que je m'imposais, même si je n'en étais pas à n'avaler rien d'autre qu'un verre de lait par jour comme l'auteur de *Septentrion*. Ce n'est pourtant qu'à la toute fin du kiosque, quand l'horizon s'éclaircit pour moi avec la signature d'un premier contrat, que je m'autorisai à fréquenter le bar de la rue Mathis le temps d'un plat après que j'avais quitté mon service du matin. Jusque-là, je ne m'étais pas même autorisé un café. Je rentrais et me mettais à travailler, entièrement tendu vers cet objectif, moins de la publication, que d'une forme et d'une écriture romanesques traduisant honnêtement mes hautes aspirations littéraires. Et cette fois-là, dans le bureau du dandy érotomane, c'était presque fait. Un comité de lecture, après une bataille rangée entre pour et contre, avait fini par accepter mon manuscrit. Ce qui pourtant ne me procurait aucune joie sinon cette confirmation que peut-être il n'y avait pas de fumée sans feu.

À dire vrai je n'étais pas enchanté par la perspective d'une publication de ce livre-ci. Entrer par effraction en littérature, avait dit Flaubert. Là j'aurais pris la porte de service et passé ensuite mon temps à m'excuser. Ce qui amène certains auteurs à renier leurs premiers ouvrages. Autant qu'ils restent dans les cartons. Je fus sauvé par le gong de la partie commerciale de la maison d'édition qui broncha devant le volume du texte, estimant son prix de revient trop élevé ce qui obligerait à augmenter le tirage, ce qui n'était pas raisonnable pour le premier livre d'un parfait inconnu qui se vendrait à trois cents exemplaires. On me suggérait de l'alléger, ce que j'avais déjà commencé de faire suite aux recommandations d'un autre éditeur qui, après cette purge, avait renoncé. Il y avait certainement encore de quoi l'amputer de plusieurs dizaines de pages mais l'exercice commençait à ne plus m'intéresser.

J'envoyai quelque temps plus tard une lettre m'inquiétant sans m'inquiéter de la décision de la direction et dans laquelle je citai les Rolling Stones : *Time is on my side*. Et ne donnai plus jamais de mes nouvelles. Soulagé, en quelque sorte. Après ce bref passage dans la lumière éditoriale, je rejoignis mon obscur chemin d'écriture tout en continuant la vente des journaux. Le temps était encore de mon côté, mais je n'avais pas intérêt à ce qu'il s'éternise trop. Profitant, au cours d'un séjour dans la maison familiale de Campbon, de la découverte d'une curieuse image pieuse dans le missel de notre tante Marie, lequel avait atterri dans le placard à balais de la cour, je crus voir la lumière. Sous une grande croix noire entourée des lieux sanglants où s'étaient livrées les grandes batailles de la Première Guerre mondiale, Verdun, Les Éparges, la Somme, les Dardanelles, j'y apprenais que Joseph Rouaud, après avoir été blessé en Belgique, était mort pour la France, à Tours, le 26 mai 1916, à l'âge de vingt et un ans.

Aurais-je fait part à d'autres de ma découverte, il se serait forcément trouvé quelqu'un pour remarquer que le disparu portait les mêmes nom et prénom que mon père, ce qui sautait immédiatement aux yeux. Mais pas aux miens. Quant à partager mes travaux littéraires avec qui que ce soit, hormis le verdict d'un éditeur, je n'en voyais pas l'intérêt. L'un ferait la moue, un autre me suggérerait d'écrire plutôt un roman traditionnel avec une intrigue solide, un autre encore se mêlerait de corriger mes phrases, ce n'était pas une question d'humilité mais je m'étais aventuré beaucoup trop loin pour être sensible aux généreux donateurs de conseils. Là où j'en étais de mes recherches, m'enfonçant dans une solitude de plus en plus opaque, étanche, butée, il n'y avait plus grand monde pour me suivre. Au risque de me perdre, mais c'était le jeu. Sinon à quoi bon remettre ses pas dans les pas du précédent. Pour aller où l'on ne sait pas, il faut passer par où l'on ne sait pas, dit Jean de la Croix. C'était même la seule chose que je savais, intuitivement, et qui constituait ma boussole poétique, une boussole folle que le nord n'intéressait pas.

Mais ceci en revanche, dont je ne pris conscience que bien plus tard, une fois le livre paru : on pouvait prendre en otage les millions de morts de la Première Guerre mondiale pour raconter, à travers son oncle homonyme défunt, la mort soudaine d'un homme à quarante et un ans, quarante-sept ans plus tard. Et la raconter dans sa vérité, qui n'est pas spécialement le rendu précis d'un fait microscopique à l'échelle de l'humanité sur laquelle la disparition d'un individu ne perturbe pas sa comptabilité macabre, mais son impact. Et l'impact de cette mort mineure, sous le couvert d'une autre victime mineure d'une tragédie majeure, disait ceci : la mort, c'est la guerre.

Pour l'heure, sortant l'image pieuse de son missel, aux bords sertis d'un filet rongés par l'humidité après son long séjour dans le placard à balais de la cour, je lus seulement que vingt et un ans c'était bien jeune pour mourir, et que contrairement à ce qu'on pouvait voir à chaque commémoration du 11 Novembre, ce n'étaient pas des vieillards croulant sous les ans et les médailles qu'on avait envoyés s'enterrer dans les tranchées et respirer les nuages d'ypérite, mais des enfants. Enfants de la Patrie. Les paroles du chant martial étaient à prendre au mot. « Nous n'avons jamais écouté ces vieillards de vingt ans dont le témoignage nous aiderait à remonter les chemins de l'horreur », dira le texte. Voilà, tout part de là. Poétiquement de là.

Tout part de plus loin, bien sûr. Comme si les cartes étaient depuis longtemps truquées qui s'étaient entendues à me soutirer la mise de ma vie. Face à ce curieux sentiment de n'être que l'acteur d'un rôle distribué par on ne sait qui, on invoque parfois de mystérieux algorithmes du hasard dans le seul souci d'éviter de tomber dans la théorie d'un complot des forces obscures. Les dés ont roulé et se sont arrêtés sur leurs faces comptables. Pas d'autre loi que celle des probabilités. On empoche son pécule de points et on s'avance. Jadis en Loire-Inférieure, on appelait ça la Providence. Ce qui marchait aussi bien et avait cet avantage qu'on savait qui remercier ou blâmer selon la tournure que prenaient les événements. Mais blâmer non, dans ce cas, on s'accuse soi-même d'un manquement ou d'un raté, on se repent devant elle, la Providence, de n'avoir pas suivi son bienveillant programme. Mais bienveillant, je n'en étais pas certain. Je me demandais quel jeu elle jouait, la

Providence, avec moi. J'étais venu à Paris pour fuir mon territoire de naissance et voilà qu'en m'indiquant le chemin du kiosque, elle me ramenait quasiment à mon point de départ.

Car j'avais bien conscience, prenant le métro place Blanche pour rejoindre l'édicule de la rue de Flandre, que la profession ne m'était pas inconnue, déjà répertoriée dans le catalogue de mon enfance. Les journaux à Campbon c'était les sœurs Calvèze, comme le père Gouret était la forge. Par chance les chevaux avaient déserté Paris, m'épargnant de cogner le fer rougi sur l'enclume. Je voyais même dans ce rappel le tour ironique que prenait ma vie. Tout ça, tout ce temps, tous ces kilomètres, toute cette énergie, toute cette abnégation, pour reprendre le flambeau des sœurs ? Drôle, non ? Vous avez demandé une vie dans les lettres ? Voici. Dans les lettres, dans le monde des lettres, avec immensément de lettres, on trouve Chateaubriand, on trouve aussi les sœurs Calvèze. À vous la seconde option. Votre vœu exaucé. À la lettre. Pas de bol, hein ?

Jusqu'à il y a peu encore, je considérais que le kiosque n'avait été qu'une solution pratique de subsistance qui s'était imposée à moi par le jeu des circonstances et des relations. Ça ou autre chose, pourvu que j'aie du temps et ma liberté d'esprit. Alors va pour la vente des journaux. L'écho dans mon souvenir des sœurs Calvèze n'était qu'un clin d'œil du destin. Qu'il pût y avoir un quelconque lien autre que celui de l'enchevêtrement des hasards de la vie, j'aurais repoussé cette proposition avec dédain. Les sœurs appartenaient au monde de mon enfance à côté de notre tante Marie et ses statues de saints retournées contre le fond de la niche quand ses prières n'étaient pas exaucées, ou de la folle qui bourrait ses poches de pierres les jours de grand vent pour ne pas s'envoler, ou de ce journalier qui crachait sa chique dans son béret avant de s'en recoiffer. Des originaux, dans notre terminologie villageoise, des figures romanesques d'avant le roman. Aucun rapport avec ce que je vivais rue de Flandre.

Aucun rapport, vraiment ? Alors que nous recevions des petits illustrés de poche qui étaient déjà une vieillerie au temps du kiosque, une nostalgie d'adolescence lointaine (par exemple les aventures de Kit Carson, un homme de l'Ouest bien réel dont on pouvait déjà lire les exploits de son vivant au temps des guerres indiennes, au point qu'il eut la surprise de découvrir lui-même dans un camp apache un de ces *pulp magazines* dont il était à son insu le héros et qui avait appartenu à une femme enlevée et par ailleurs exécutée par les Jicarillas), il m'est revenu que les sœurs ne s'étaient pas contentées de compter parmi les santons chouans de ma commune, elles avaient tenu un rôle de bonnes fées dans notre tragédie familiale. De sorte que le choix du kiosque ne s'était pas complètement imposé au hasard. Dans ma crèche villageoise il avait sa place. Je pouvais y voir, mais sans y voir bien sûr – ce sont des révélations qui aveuglent et que seul le temps permet de distinguer –, un lieu d'élucidation et de réparation possible de mes empêchements à vivre.

Les sœurs Calvèze appartiennent à la préhistoire du métier, à un autre monde où les mêmes mots ne désignent plus tout à fait les mêmes choses, mais ce sont elles, mes devancières, mes inspiratrices, mes Parques réduites à deux. Elles habitaient une petite maison basse dans une ruelle à gauche en montant, sur le haut de la place, qu'aucune enseigne n'annonçait et dont elles avaient aménagé la pièce d'entrée en maison de la presse. Ce que nous n'appelions pas ainsi. Maison de la presse, c'eût été beaucoup trop grand pour loger une unique table de bois sur laquelle elles étalaient, selon la technique du couvreur et de la pose des ardoises, une dizaine de magazines, plutôt féminins. Non pas ceux qui vantent les dessous chics, les endroits à la mode, les régimes miracle et les charmes d'un amant, mais les pratiques, les vies courantes, jamais en panne d'idées, de bottes secrètes, d'astuces pour bien tenir sa maison, faire des économies, récupérer les bouts de chandelle, les bouts de ficelle, se comporter en épouse modèle, qui tricote, asticote, accommode les restes, éventuellement se maquille la paupière à l'aide d'une allumette brûlée, qu'elle stocke pour mille usages, car rien ne se jetait alors, dans une boîte accrochée au-dessus de la gazinière. Et puis d'autres revues pour soigner ses bégonias, engraisser son jardin, suspendues par des épingles à linge en bois à une ficelle de chanvre tendue entre deux clous, à travers le chambranle de la petite fenêtre à quatre carreaux qui tenait lieu de vitrine, remplaçant les rideaux. Aucun titre à sensation. Les nouvelles du monde transitaient par *Le Pèlerin* et *La Vie catholique illustrée*, pour les hebdomadaires, et par *Ouest-France* et *La Résistance de l'Ouest* qui allait devenir plus tard *Presse-Océan*, pour les quotidiens.

À nos yeux d'enfants, les sœurs Calvèze appartenaient déjà à des temps anciens. Peut-être pas si vieilles, mais la vieillesse commençait tôt au début des années soixante dans les campagnes de l'Ouest. Elles étaient à l'image des femmes laborieuses du pays, pour qui l'apparence n'était pas le souci premier. Toujours en sarrau gris, les pieds chaussés de charentaises, les cheveux blancs bouclés aux reflets lilas quand elles revenaient de chez Andréa, la coiffeuse modiste café dont on identifiait au premier coup d'œil la patte sur la tête de notre tante Marie, c'est pourquoi notre mère, dans un dernier luxe hérité de son enfance, prenait certains jeudis le car à destination de Nantes, direction un salon de coiffure de la rue de Verdun, ce qui était sans doute aussi pour elle une manière de vérifier si tout était encore en place des flâneries de sa jeunesse dont nous étions en mesure de dessiner la carte, avec ses points de passage obligés, les grands magasins Decré et Brunner, les guimauves de chez Bohu, la pâtisserie de la rue Crébillon, la place Viarme pour le car et l'église Sainte-Croix qui était le point de rendez-vous convenu avec sa sœur, quand elles avaient voyagé ensemble, ce qui permettait de s'attendre l'une l'autre, abritées de la pluie et du froid, et de prier pour notre tante Claire qui était à l'origine de ce choix.

La plus âgée des sœurs Calvèze ressemblait à Rellys avec son visage anguleux, bosselé, un acteur célèbre, avant la guerre, la seconde. Ce que nous découvrîmes plus tard, cette similitude, quand la télévision fit son entrée dans ce que nous appelions la salle à manger, dont la spécialité était, sur sa chaîne unique, de diffuser des films antédiluviens qu'une speakerine nous présentait comme des sommets cinématographiques. Et notre remarque aussitôt qu'il apparut sur l'écran : mon Dieu, on dirait la sœur Calvèze. De Rellys on se souviendra du *Roi des resquilleurs* et de *Frédérica*, des gaudrioles qui firent sa renommée, mais il apparaît dans *Manon des sources* de Pagnol, où il interprète le disgracieux, le difforme, une sorte de Quasimodo provençal, hurlant à l'amour pour une gardienne de chèvres encore. On le voit également dans *Crésus*, l'unique film de Giono, aux côtés de

Fernandel dont il passa souvent pour une doublure, un décalque, quand Rellys se montrait plus sobre, plus juste peut-être, au lieu que l'illustre Marseillais en rajoutait, étonnements outrés, sourcils froncés, bouche offusquée, démarche décidée, sans cesse rappelé à l'ordre par la voix du Seigneur tombant du haut de la croix plantée au milieu du chœur. Mais c'était une impression, cette ressemblance, nous n'avions plus la possibilité de vérifier *in vivo*, les sœurs avaient alors fermé boutique.

L'aînée avait aussi cette autre particularité qu'elle boitait. Mais contrairement à une tradition rurale, cette claudication n'était pas le résultat d'une infirmité génétique bretonne ou d'un accouchement difficile – la sage-femme tirant peut-être un peu trop fort sur une jambe quand le bébé ne se présentait pas tête la première – mais de l'unique bombardement qui s'abattit sur Campbon le 12 août 1944. Alors que Nantes venait d'être libérée (mais pas la région de Saint-Nazaire qui en reprit pour huit mois d'occupation), des avions vidèrent un solde de soute sur le bourg, éventrant les toits de la forge Normand, du café Poitevin et de la maison Houtin, tuant une sœur et un frère, ensevelissant plusieurs personnes qui sortirent des décombres en plus ou moins bon état. Si l'aînée affichait une mine plus austère, c'était peut-être aussi en souvenir de ce jour de désinvolture, quand un pilote choisit de vider sa cargaison comme on purge son réservoir.

La cadette avait le visage souriant de la bonté qui était comme une seconde nature chez certaines femmes pieuses de l'Ouest habituées à faire passer en premier la charité. Aussi nous préférions tomber sur elle quand nous allions chercher nos revues. Car après le décès de notre père – ce qui dit que le bourg n'ignorait rien des difficultés financières de notre famille amputée de son grand homme, et qu'il éprouvait une peine sincère pour les jeunes enfants endeuillés qu'il prenait peut-être pour des orphelins de guerre – elles avaient inventé toutes deux – et ça ne pouvait être que de leur initiative, nul autre ne connaissait les habitudes de la profession – de nous offrir les magazines dont elles ne retournaient au fournisseur que la couverture arrachée. Les organismes de diffusion de l'époque se contentaient de cette preuve d'invendu, comme des ravisseurs retournent le petit doigt d'un otage. La pratique n'avait plus cours dans notre kiosque mais elle avait perduré encore quelques années chez les marchands de journaux. P. s'en souvenait, ou du moins se souvenait d'en avoir entendu parler quand, à l'occasion d'un arrivage de ces petits illustrés déjà passés de mode et qui n'intéressaient que des nostalgiques de leur enfance, je lui racontai la généreuse attention des sœurs.

Nous héritions ainsi de revues mutilées, dont nous avions appris à reconnaître les titres sans la couverture, ce qui nous était égal, ce défaut de présentation, pourvu qu'il ne manquât pas une page de texte. Nous les ramenions comme des caisses de louis d'or dans notre maison assombrie par le chagrin. Nous nous régalions de ces romans-photos italiens où les garçons chargeaient les filles sur des Vespa, et où les amoureux à la dernière image se dévisageaient comme s'ils n'avaient jamais rien vu de pareil. Ou des nouvelles à l'eau de rose des *Veillées des chaumières* et de *Nous deux*, que nous nous disputions avant même d'arriver à la maison, affirmant aussitôt prem', ce qui voulait dire : à moi de lire en premier. On trouvait aussi quelques bandes dessinées de petit format, en noir et blanc, du style *Kit Carson* et le *Grand Blek*, à propos duquel on se demande comment, défendu par cette montagne de muscles coiffée d'un bonnet à la Davy Crockett, le Québec a pu passer aux mains de Wolfe et des Anglais, ou encore *Sophie*, ou *Sylvie*, des histoires sentimentales qui, on n'avait pas de souci à se faire, et c'est pourquoi nous les aimions, se terminaient systématiquement bien, c'est-à-dire avec de l'amour, par un baiser, ce qui nous faisait rêver dans notre malheur.

En cc qui concerne les deux sœurs, d'amour il fut sans doute peu question au cours de leur vie. Pas d'époux, l'une officiellement vieille fille, l'autre veuve, victimes, indirectes sans doute, mais victimes de la grande saignée de Quatorze à Dix-huit qui ne ramena au village que deux hommes sur trois, à peu près quatre cents sur six cents, soit deux cents jeunes gens disparus dont on recense les noms sur le monument aux morts élevé près de l'église, sur le mode des calvaires bretons (et parmi ceux-ci le Joseph Rouaud, de l'image pieuse, blessé à Tours, etc.). Deux cents hommes en moins, autant dire, pour un bourg de deux mille habitants, un déficit de cœurs à prendre, et ne pas compter sur les communes voisines également décimées, et parmi les revenants, les uns déjà mariés, les autres en plus ou moins bon état, ou pas à leur goût, à elles, ou elles, à ceux-là devenus exigeants après tant de rudes combats, et ayant désormais l'embarras du choix, qui attendaient des femmes le repos qu'elles accordent aux guerriers. C'est du moins ce qu'ils s'étaient raconté dans les tranchées. De sorte qu'on peut penser que certaines ne trouvèrent pas chaussure à leur pied, parmi lesquelles notre vieille tante Marie, qui prétendait à notre demande qu'il n'avait tenu qu'à elle de ne pas se marier, et les sœurs Calvèze qui éprouvaient dans la compagnie l'une de l'autre plus de réconfort peut-être qu'auprès d'un homme ivrogne et brutal comme parfois les rescapés, habitués pendant ces quatre années d'horreur à vider leurs quatre litres de vin quotidiens, ce qui n'était certainement pas de trop pour endurer ce qui n'avait pas de nom, sinon celui de la folie des hommes.

Mais ce qui leur fait au final, à nos siamoises de cœur, une vie entière consacrée au travail. Car même pendant les années d'enfance on suppose qu'on ne les autorisait pas à rester assises, à ne rien faire, doigts croisés, ce qui n'était pas concevable en ces temps reculés, autour des premières années du siècle passé, cette oisiveté, et surtout chez les filles, et pas seulement dans les milieux modestes et de la campagne profonde, filles de ferme ou de petits commerces, corvéables comme Cendrillon, nettoyant tout du sol au plafond, mais dans les maisons de bonne famille, aussi, où l'on traquait sévèrement l'oisiveté. Les jeunes demoiselles, délivrées des charges ménagères, avaient droit à un programme spécifique, à base de broderie, de piano et d'aquarelle, comme les tantes de notre mère, de quoi, sans les abîmer, s'occuper les mains, éviter qu'elles se perdent dans des rêveries douteuses, ce qui ne les empêcha pas, ces deux grand-tantes du côté maternel, de finir vieilles filles, l'une camouflant dans un pendentif ouvert à sa mort la photo pliée d'un soupirant enlevé par la première guerre.

En dignes filles de la campagne où traîner au lit renvoyait à l'oisiveté qui renvoyait tout droit en enfer, les sœurs Calvèze se levaient de bonne heure. Mais plus tôt que tout le monde encore, ce qui faisait leur réputation et en quoi nous les admirions. Nous comprenions aussi que le métier l'exigeait, que la presse se concoctait dans les ténèbres de la nuit afin d'accompagner la naissance du jour. Elle était le nouveau signal qui mettait le monde en mouvement. Et d'abord les sœurs, qui distribuaient les quotidiens des abonnés au porte-à-porte, sans pour autant exiger un supplément à ce service, trouvant ce surcroît de travail naturel, ayant dû entendre mille fois en guise de consolation ou d'encouragement, ce slogan colporté par la Compagnie des exploiteurs réunis : l'avenir appartient à ceux qui se lèvent tôt.

Ce n'était pas le sentiment que j'avais quand j'embarquais somnolent dans le premier métro. Mes compagnons d'infortune non plus, qui manifestement n'occupaient pas le plus haut rang de l'échelle sociale et avaient peu de chances de grimper jamais à l'échelon supérieur. Les yeux bouffis, les traits tirés, poursuivant leur nuit la tête appuyée contre la vitre, emmitouflés les mois d'hiver dans des vêtements pas toujours adaptés aux grands froids (j'avais noté l'absence de manteau, par exemple) et plutôt noirs de peau que blancs, ce qui correspondait, et encore, au spectre coloré des tâches. Parfois on surprenait des regards rêveusement éteints, qui profitaient du reflet des vitres dans le tunnel pour se poser par un jeu de miroirs à trois bandes sur quelque femme apprêtée. Car aucun laisser-aller, chez ces courageuses. Ce qui les obligeait à rogner encore sur leur sommeil pour se préparer.

Ce qui m'obligeait. Pas question de s'attifer en trappeur du Grand Nord, de se coiffer d'une chapka arctique, d'enfiler des mitaines, ces gants aux doigts coupés, sous prétexte que nécessité fait loi. Je veillais comme ces femmes – et je comprenais qu'il s'agissait pour elles d'une sorte de contrat moral qu'elles établissaient non avec leur miroir mais avec un droit de vivre la tête haute quand les critères sociaux s'acharnent à la baisser – à afficher une forme de prestance, d'imposition de soi au monde. Pas de raison. Pour une autre raison aussi, mais la même au fond, c'est que tout relâchement se traduit inévitablement dans la phrase. Et une poésie qui se contente de la page n'est que de la bimbeloterie. De la tenue en toute chose, d'où ce heaume de laine coiffé d'un bonnet noir qui me donnait la tête d'un croisé, d'où ces gants intacts avec lesquelles j'avais appris à me saisir des plus petites pièces dans le ramasse-monnaie, d'où ce refus stupide des après-ski quand je me gelais les pieds. En quoi il m'eût été impossible de convaincre un esprit rationaliste. Ce qui « oblige » aussi à la solitude.

Lors du changement à Stalingrad je me précipitais avec eux, mes matinaux, dans les longs couloirs souterrains, abandonnant la ligne 2 pour prendre la direction de Riquet ou de Crimée, n'ayant jamais opté définitivement pour l'une ou l'autre station, le kiosque se situant à mi-chemin entre les deux, décidant au dernier moment de ma descente du wagon selon mon humeur ou ma fatigue, comme font les chats qui brutalement se lèvent, semblant répondre à une injonction mystérieuse. Nous étions les colonnes de l'aube, déployant une énergie folle pour arriver à l'heure au travail, embarquant dans ces cadences infernales le petit enfant métis dont la tête dodelinait ensommeillée sur l'épaule de son père, qui le déposait sans doute chez une nourrice avant de rejoindre son travail. Sur ce seul visage d'enfant aux paupières gonflées, à la chevelure ébouriffée, on pouvait trouver le monde injuste. Toute une humanité des bas-fonds se mettait en branle pour faire tourner la grande machine du monde. La grande répétition de l'exploitation des mêmes et toujours derniers, les couloirs du métro renouant avec les galeries des mines (et pour camoufler le forfait, à la place des parois noires de houille les rectangles de céramique blanche), et au lieu que les wagons transportent là du charbon, ici c'était des vies à brûler.

Contrairement à une idée reçue, à cette heure matinale pour les uns et tardive pour les autres, il n'y avait pas de rencontres au sommet des abysses entre les soutiers de l'aube et les princes noctambules qui, selon la légende urbaine entretenue par ceux qui ne croient pas que les classes luttent, à mots couverts, dans le creux des consciences, mais luttent entre elles, noueraient une sorte de fraternité entre le hibou noceur et le journalier, entre lesquels, au petit matin, s'effectuerait une sorte de passage de témoin, comme lors d'un changement de joueurs, l'entrant et le sortant se tapant dans les mains, comme s'il s'agissait d'assurer la soudure, de faire le joint entre la nuit et le jour, sorte de rituel sacré exorcisant l'immémoriale peur, celle d'un soleil qui manquerait son rendez-vous avec le jour nouveau, installant sur la terre le règne redouté de la nuit éternelle. Au train des travailleurs les figures de la nuit préféraient sans doute le taxi pour finir leur journée inversée. Pendant les six longs mois d'hiver, on pouvait même craindre qu'une sorte de nuit polaire ne s'installe sur la ville endormie. Quand le métro, s'arrachant à sa rampe de lancement, sort du tunnel entre Barbès et Anvers, ce qui d'ordinaire se manifeste par le surgissement brutal du jour succédant aux lumières tamisées du wagon, il était déjà aérien qu'au milieu de la ville éclairée par les réverbères et les rares fenêtres des lève-tôt, nul besoin de cligner des yeux éblouis, on ne voyait pas la différence.

Dans cette même catégorie des vies à coûts réduits, les sœurs Calvèze économisaient jusqu'à leur sommeil, se couchant, comme le jeune Proust, de bonne heure, faisant connaître qu'après dix-huit heures, il ne fallait plus compter sur elles, ce qui, même dans un bourg rural où le couvre-feu tombe avec la nuit, la nuit raisonnable, celle des mois d'hiver, se vivait comme une singularité. Il n'y avait qu'elles pour tirer si tôt les rideaux. Mais chacun comprenait que c'était nécessité, qu'on ne peut être à la fois du soir et du matin, fermer les yeux des ultimes veilleurs et donner le coup d'envoi, dans un éclairage d'encre, du jour nouveau. Ce qui faisait l'affaire des ouvriers, tout heureux au moment d'embarquer dans le car qui les déposait devant la grille des chantiers navals de Méan-Penhoët, où ils ajustaient, fraisaient, rivaient, le *France* et autres *Versailles* flottants, de pouvoir profiter de cette heure transitoire volée à un emploi du temps de forçat, pour déplier et déchiffrer minutieusement, à la lumière blafarde des plafonniers du car, leur quotidien acheté en coup de vent chez les sœurs. Mais acheté, il ne faut pas imaginer une pièce déposée sur un ramasse-monnaie contre un journal et quelques centimes en retour, puisqu'ils réglaient en fin de mois, prenant leur journal au vol, se gardant bien pendant le trajet de le lire en entier afin de conserver quelques pages, ou les mots croisés, en prévision du voyage de retour, ce que l'on comprenait à cette façon méthodique de le replier, en quatre, puis en huit, en écrasant bien entre leurs doigts épais de travailleurs les pliures, insistant jusqu'à le réduire à la taille d'un livre, le glissant ensuite dans la poche de la veste, du blouson ou de la canadienne. Autant de scènes qui me revenaient avec une acuité mélancolique et moqueuse tandis que je me dirigeais vers le petit théâtre de la rue de Flandre.

Toi et ton espérance poétique dans les pas pantouflés des sœurs Calvèze, tu ne l'aurais pas imaginé, hein ? Pourtant, ces couvertures déchirées de jadis, tu peux voir aujourd'hui qu'elles traduisaient littéralement l'arrachement dont nous avions été les victimes et les témoins. Il nous faudrait composer désormais avec cette page de garde manquante qui s'était envolée avec le nom et le titre de gloire du grand Joseph un lendemain de Noël sur le coup de dix heures du soir, puisque c'est ainsi que ses camarades l'appelaient qui aimaient rappeler ses faits d'arme pendant la Résistance. C'est dans les premières années du kiosque que, suite à l'exhumation de l'image pieuse, encouragé à persévérer dans mon travail d'historien de poche, je découvris sa fausse carte d'identité au nom de Joseph Vauclair, né à Lorient (la ville ayant été bombardée, rien ne subsistait des archives de l'état civil) et cette lettre du commandant Paulus, le chef de son réseau, autrement connu comme le docteur Verliac, rappelant que sa bravoure lui avait valu le surnom de « Jo le dur », de sorte que le disparu reprenait corps peu à peu à travers les lettres et les récits sur son compte, surgissant comme des *fioretti* après sa disparition, portés par ses amis, ses connaissances, qui portraituraient un autre homme, à l'opposé de l'image de sévérité que j'avais gardée de lui. Mais c'était bien cela que disaient les magazines mutilés offerts par les sœurs de bonté, nous n'avions depuis sa mort plus aucun «titre» à faire valoir. Nous étions privés aussi du nom de l'auteur de nos jours sur la couverture de nos vies.

Je me suis longtemps interrogé sur la raison mystérieuse de mon entêtement à vouloir qu'on me reconnaisse comme écrivain. Faute de réponse convaincante je m'en étais remis à ce diagnostic d'une psychiatre qui après une rencontre m'avait lancé qu'on ne devient pas écrivain sans une figure d'écrivain dans la famille ou l'entourage immédiat. Autrement dit, à l'instar du narrateur de la *Recherche*, chaque écrivain a son Bergotte. J'avais pensé à René Guy Cadou qui, à quatorze ans, après que son père lui avait lu les poèmes que lui-même écrivait dans sa jeunesse, avait avoué: je crois bien que c'est ce soir-là que tout a commencé. Mais moi, on ne m'avait rien lu, et à quatorze ans j'avais déjà trouvé qu'en comptant jusqu'à huit ou douze on pouvait, et pour peu qu'ils riment, aligner octosyllabes et alexandrins. Je connaissais aussi, glissé dans le tiroir du bureau, l'existence de ce manuscrit d'une quinzaine de feuillets agrafés, sorte de monographie de Campbon que notre père s'était contenté de recopier de sa fine écriture, impressionné sans doute par la lecture de l'original dont l'auteur était un érudit local, frère des Écoles chrétiennes. Plus tard j'avais bien noté que, profitant de l'évocation de mes disparus, j'avais à mon tour rédigé dans mes premiers livres un mémoire de la vie locale, redonnant à notre nom la légitimité usurpée du manuscrit recopié. J'authentifiais ainsi qu'un de notre lignée était bien l'auteur de l'histoire de Campbon. Ce qui était une interprétation un peu trop littérale pour que j'y trouve mon compte. Il faut davantage payer de sa personne pour résoudre ce type d'énigme.

Il faut croire qu'à ces couvertures arrachées des magazines offerts par les sœurs de bonté je cherchais à redonner un titre et un auteur. À recoller la page manquante de ma vie, celle qui, en lettrines ouvragées, annonce le programme. Sans couverture, je menais une vie sans aucun titre. Restait à en trouver un et à m'en dire l'auteur. Ce qui est peut-être la seule motivation de l'écriture. De sorte que prendre le chemin du kiosque, ce n'était pas seulement, comme je l'ai cru longtemps, me livrer à une activité nourricière, celle-là ou une autre, pourvu qu'elle m'assure un semblant de survie et me garde l'esprit libre, comme un grand hangar dégagé laissant toute la place à mes échafaudages poétiques.

S'il ne m'avait pas échappé que je remettais mes pas dans les pantoufles des sœurs Calvèze, j'y avais vu le signe d'un destin moqueur jouant avec moi comme le chat avec une souris rêveuse, une sorte de bisque bisque rage des puissances supérieures. Pas une seconde je n'ai pensé alors que les raisons qui me poussaient rue de Flandre ne tenaient pas seulement au hasard d'une rencontre avec un peintre maudit, ex et futur marchand de journaux, et que dans ce kiosque posé sur le trottoir je me rendais en réalité dans une sorte de clinique réparatrice de la mémoire blessée. Il m'apparaît aujourd'hui qu'elles, les puissances supérieures, complotaient sourdement, en souvenir des magazines des sœurs Calvèze, à me rendre la page arrachée de mon enfance, laquelle annonçait à la une un banal fait divers : la mort d'un homme un lendemain de Noël. Puisque j'en portais le nom, à moi d'en trouver le titre.

L'illusion référentielle, disaient les maîtres littéraires du temps, à propos de ceux, les romanciers, qui prétendaient par un usage convenu de la langue, tendu comme un miroir le long de la route, rendre compte de la vie même. La prétention réaliste, en somme. Comme si ce simulacre sémantique avait quelque chose à voir avec la réalité des choses. Un mot n'est qu'un mot. « Ceci n'est pas une pipe », annonçait Magritte dont le tableau représente une pipe. Si le titre du tableau était « Une pipe », comme au temps des peintres flamands ou hollandais qui s'appliquaient à rendre au plus près la braise rougeoyante du tabac au cœur du fourneau, le même tableau s'appellerait une croûte. Car le tableau est d'un peintre décoratif du dimanche. Il ne tient que par sa dénonciation de l'image qui n'est pas la chose. Ce qui est une manière d'enfoncer les portes ouvertes. On avait bien remarqué que la Joconde ne descend jamais de son tableau. Ou alors subrepticement, de nuit, quand Ben Stiller est gardien du musée. Encore Magritte peut-il s'amuser à peindre une pipe que tout le monde reconnaît en dépit de sa mise en garde. Ceci n'est pas une pipe, mais ça y ressemble bougrement. Et on passe au tableau suivant, ravi d'être complice de ce bon tour. Mais quand il s'agit d'un chagrin, d'une blessure d'enfance sous un ciel pluvieux, lesquels appartiennent de toute façon au monde immatériel de la mémoire, n'ont d'autre réalité que ce ressenti pérenne de quelque chose qui ne passe pas et qui peine à s'exprimer, dès lors qu'il est vain de s'en remettre à l'illusion réaliste, comment fait-on pour les dire si les mots n'ont rien d'autre à proposer que leur charge phonétique ? « Ceci n'est pas un chagrin » devant un tableau ruisselant de larmes ?

En cette attente de la révélation, il est arrivé que le déclic provienne de la lecture d'une phrase de la page d'un livre ouvert sur un lutrin, d'un pavé disjoint sur lequel on trébuche, d'une madeleine. Et ici d'une curieuse image pieuse intitulée « Les Champs d'honneur » sur laquelle on pouvait lire, d'une écriture délavée par le temps, sous la grande croix latine noire surplombant la courte épitaphe comme plantée sur le corps mort : Joseph Rouaud, blessé en Belgique, mort à Tours, le 26 mai 1916 âgé de 21 ans. Et immédiatement on voit. Mal, et pas ce qu'il faudrait voir, mais on voit. On ne voit pas l'évidence qui crève les yeux, savoir que le héros porte le même nom que le père disparu, on ne voit pas que cette image représente la couverture arrachée du livre de l'enfance, en quoi les bords rongés par l'humidité ajoutent à l'illusion d'une déchirure, et qui, par son illustration, est un parfait résumé de l'histoire à venir, le programme tenant tout entier dans sa présentation : Les Champs d'honneur, avec pour héros (« pieux souvenir du ») Joseph Rouaud.

Ce qui de fait suffit à l'écriture d'un roman. Et comme on ne voit pas, on prendra un Joseph pour un autre, un grand-oncle connu par cette seule mention, ce qui démontre que l'écriture (celle de sa sœur Marie), même lapidaire, sauve au moins provisoirement de l'oubli, on convoquera hyperboliquement la Grande Guerre et ses exécutions de masse pour dire la simple tragédie de la mort d'un homme. Ce faire-part de décès ne serait donc qu'un leurre si, derrière ce petit arbre du nom de Joseph, on ne voyait la grande forêt de la mort, et le chagrin que l'on connaît comme le ciel pluvieux de Loire-Inférieure, et la jeunesse brutalement fauchée pour une cause inconnue d'elle, et le virus létal dont le nom paternel est porteur et, sous les pieds du Sauveur réduit à ce croisement de deux épaisses lignes noires, l'effondrement d'un monde.

À reconstruire. Pierre par pierre, mot par mot, en se bouchant les oreilles à la cire pour ne pas entendre l'injonction des Modernes pontifiant ceci n'est pas une pipe, mais une rose qui est une rose, etc. Ce qui témoigne surtout d'un manque d'humilité, quand dans les petits poèmes japonais de trois vers, le navet est bien un navet, avec lequel, arraché, on montre le chemin au voyageur perdu dans le brouillard de novembre, avant à nouveau de se baisser et de tirer sur la prochaine tige, le conseiller d'orientation vérifiant d'un coup d'œil si l'égaré s'est bien engagé dans la bonne direction. Ainsi il est possible de faire de la poésie avec un navet ? Ce qui ne va pas de soi quand on s'est longtemps persuadé qu'une pipe était une rose. Ce qui, cette substitution, cette dérobade devant le réel, était une autre manière de voir « très franchement une mosquée à la place d'une usine », comme se lamentait le jeune Rimbaud dans « Alchimie du verbe ». Avant d'énoncer son nouveau programme : étreindre la réalité rugueuse. Ce qui en japonais doit se dire arracher le navet.

Car la question qu'on pouvait poser aux maîtres du temps qui jamais ne s'étaient confrontés au récit était celle-ci : comment pouvait-on ignorer le monde à ce point ? Par quel aveuglement narcissique en était-on parvenu à le réduire à un bruit de fond, à une composition de phonèmes ? Or je le voyais arriver de partout, le monde, qui par vagues, et certaines lointaines, battait contre notre kiosque du 101 rue de Flandre. Un monde grouillant, multiple, souffrant, vaillant, espérant, avec ses cortèges d'histoires à n'en plus finir, et le plus souvent à pleurer. Comme ce vieux Juif polonais qui ressemblait à Chagall avec ses yeux bleus en amande, toujours coiffé d'un petit chapeau au motif écossais, sanglé dans une gabardine bleu nuit qu'il serrait à la ceinture, et qui me racontait dans son accent yiddish avoir connu des pogroms dans sa jeunesse. Des pogroms ? Comme au temps du tsar ? Ce qui donnait un brusque effet de réalité à des événements qui semblaient appartenir à l'imagerie d'Épinal, leur rendaient leur violence primitive que les camps d'extermination avaient renvoyée à la préhistoire de l'antisémitisme.

Cette compression du temps que m'offrait mon vieux lecteur polonais, c'était un peu comme la marquise de Villeparisis évoquant, devant le narrateur et sa grand-mère, Vigny et Chateaubriand qu'elle se flattait d'avoir connus dans sa jeunesse. Il était parti à vingt ans de Lodz ou de Lublin avec l'espoir qu'en France, qui passait pour le pays des droits de l'homme et de la liberté de conscience, on le laisserait vivre en paix. L'illusion d'une patrie des droits de l'homme avait été entretenue par la lecture des auteurs français et notamment de Zola dont toute l'œuvre était traduite en yiddish, m'apprit-il. Pour que le tableau fût complet on aurait peut-être dû aussi traduire Drumont, l'auteur de *La France juive*, l'inquiétant best-seller de la fin du XIXe siècle, où il aurait lu que contrairement au

Juif, cupide, fourbe, etc., « l'Aryen est un géant bon enfant ». Arrivé en France au début des années trente, on redoute la suite pour lui.

J'avais su par sa femme, une petite dame gracieuse, qui venait parfois prendre son journal, qu'il avait passé la guerre dans la Résistance. Je me désole aujourd'hui de n'avoir pas cherché à en apprendre davantage. J'étais trop ignorant alors, et je ne connaissais la MOI, cette Main-d'œuvre immigrée qui paya lourdement son engagement contre l'occupant, que par l'Affiche rouge dont je me souvenais non du film que je n'avais pas vu, mais de la rumeur qui avait accompagné sa sortie, quelques années plus tôt. MOI, Main-d'œuvre immigrée. Moins ignorant j'aurais demandé à mon vieux Chagall : faisiez-vous partie du groupe Manouchian ? Mais pas seulement des questions sur la guerre, également sur la vie dans sa Pologne natale – mais je n'avais pas lu Singer, alors – qu'il retrouvait un peu en parcourant *Notre parole*, *Unzer Vort*, le dernier journal en yiddish qui paraissait trois fois par semaine, et dont nous recevions trois exemplaires.

C'était une petite feuille sans images qui outre le sosie de Chagall, n'intéressait dans notre quartier de Flandre qu'un autre lecteur, plus jeune, la cinquantaine, qui avec ses lunettes d'écaille et ses cheveux maigres rabattus sur le crâne présentait un faux air de Menahem Begin, mais sombre, se contentant d'un simple signe de tête après avoir déposé sa monnaie dans ma main tendue, qu'il préparait à l'avance, comme s'il ne tenait pas à prolonger l'échange. Je pouvais deviner qu'il avait lourd de deuil et de chagrin sur les épaules. Et de rage aussi, peut-être. Mais de lui je n'aurais rien obtenu. Définitivement muré dans la tragédie. Il devait être au mieux adolescent pendant la guerre, on aurait pu chercher à le retrouver sur ces photos d'enfants tendant devant l'objectif leurs maigres bras tatoués. Ou pris en charge à sa descente du train par un comité d'entraide, envoyé dans un château de la banlieue parisienne comme une compensation aux baraquements sinistres des usines de la mort, comme ces gueules cassées de la Grande Guerre menant depuis un quart de siècle déjà une existence recluse de « châtelains » au domaine de Moussy-le-Vieux, comme si la souffrance ennoblissait. Cette part sombre de son enfance avait refusé de jouer le jeu de la vie. On avait beau lui affirmer que le danger était écarté, il n'en croyait pas un mot, s'accrochant aux mots de sa langue maternelle assassinée.

Mon vieux Chagall, quand il tirait son journal du casier, placé haut comme tous les journaux ou magazines de moindre diffusion, ce qui l'obligeait à lever le bras, avait souvent une petite mimique désabusée en le glissant plié dans la poche de sa gabardine, comme un air de s'excuser d'emporter le monde disparu de sa jeunesse. Il se vivait comme le dernier des Mohicans, et c'était davantage en mémoire de ce temps parti en fumée dans les crématoires que pour les informations que le journal contenait que fidèlement il passait au kiosque.

J'ai eu l'occasion de rencontrer le dernier directeur de *Notre parole*, du moins de sa version papier. Ayant depuis progressé dans la connaissance de cette histoire, initié en cela par les deux marchands de meubles installés en face du kiosque, nos complices pendant toutes ces années, j'échangeai avec lui comme si j'avais été jadis un lecteur assidu de son journal. Il en semblait heureux, sans doute que l'occasion n'était pas si fréquente, les lecteurs historiques ayant tous disparu, au point que j'ai craint un moment, n'ayant pas eu à me nommer, qu'il me demande de quel shtetl était originaire ma famille. Du moins eut-il la gentillesse de me le laisser croire. Mais c'est bien au kiosque qu'a commencé mon initiation au monde et à ses souffrances nomades. Pour ce qui est du judaïsme j'avais nos deux plus proches voisins que je voyais occupés à déplacer meubles et matelas, et puis sortir pour juger à travers la vitrine de l'effet produit de ces réagencements.

Ils n'avaient pas été enchantés qu'on implante le kiosque juste devant leur vitrine, craignant légitimement pour la visibilité de leur enseigne, de sorte que les relations au début étaient distantes, puis le temps passant, leurs affaires ne pâtissant pas de cette concurrence, profitant d'une accalmie de la clientèle, ils venaient échanger avec les vendeurs de journaux. L'un avait été déposé là par les caprices cruels du XXe siècle. Le siècle des apatrides, dit Hannah Arendt. Son père avait été employé enfant dans une pharmacie en Russie, dormant sous la caisse, maltraité par les propriétaires, tenu pour le dernier des derniers. Il avait profité de la révolution d'Octobre pour s'enfuir. Tribulations à travers l'Europe avec le projet de gagner les États-Unis, échouant au Havre avec l'espoir d'embarquer sur un transatlantique, et n'y parvenant pas pour des raisons de papiers manquants ou pas en règle, obligé de demeurer clandestinement sur place, puis la guerre, et quand on sait le sort qu'on réservait en France aux étrangers, qui plus est juifs – lire l'accablant témoignage d'Arthur Koestler dans *La Lie de la terre* –, on devine la somme de courage et d'énergie qu'il lui avait fallu pour sortir vivant de la tourmente. Si on se rappelle la différence entre le meuble et l'immeuble, entre ce qui peut bouger (le mobilier) et ce qui reste (la « demeure »), on comprenait que le choix de ce commerce était sans doute pour le fils une sorte d'hommage à son père.

Mais c'est avec son jeune collègue que j'échangeais le plus. Il était féru d'opéras et de voyages lointains, groupant ses jours de congé pour s'offrir un long périple annuel, me faisant partager ses découvertes. Il pouvait très sérieusement me donner l'adresse d'un hôtel à Cuzco ou à Oulan-Bator, et me conseiller pour obtenir une place à Bayreuth, ce qui me ramenait à ma mère dont le souvenir de Wagner était lié à une représentation du *Vaisseau fantôme* à l'Opéra de Paris à laquelle elle avait assisté jeune fille. Encore éblouie quand elle l'évoquait. Sa famille était de Metz, ce qui l'amenait dans le même mouvement à défendre la mirabelle et à raconter l'histoire de ce rabbin de Lorraine surpris à manger des huîtres, répliquant superbement : « Tout ce qui est bon est casher. » L'histoire était sans doute apocryphe mais elle ouvrait un espace de dialogue sur la religion. Comme je lui suggérais que la force du judaïsme, ce qui lui avait assuré en dépit des persécutions cette longue traversée de trois millénaires, c'était la mémoire, il parut acquiescer pour ne pas me contrarier et tout de suite ajouta l'étude. Plus tard, lorsque je lus le témoignage d'Albert Londres sur les Juifs misérables d'Europe centrale qui, dans leurs masures de Transylvanie au sol de terre battue et au toit percé, consacraient de longues heures à la lecture des textes sacrés, paraissant insensibles à la faim et au froid, m'est revenue la remarque de mon ami. Sans l'étude pas de mémoire. « Le monde ne se maintient que par le souffle des enfants qui étudient », dit le Talmud.

Mais se confirmait la grande leçon que j'ai retenue du kiosque : ce sont les gens qui parlent le mieux d'eux-mêmes. Aussi longtemps qu'ils sont là mieux vaut se tourner vers les acteurs et les témoins de leur propre vie que de donner la parole en leur nom aux experts qui, du haut de leur compétence, prétendent en savoir plus long que ceux-là, au premier chef concernés.

Ces déferlantes de vies dont chacune avait de quoi nourrir un ou plusieurs romans, qui toutes étaient des leçons et permettaient de placer sa petite histoire sur la grande scène du monde en relativisant son chagrin à l'aune de drames infiniment plus grands, j'avais trouvé un moyen d'en conserver la trace. Non pas en couvrant des cahiers de ces récits reconstitués mais en les synthétisant dans de courts poèmes, et poème n'est pas le nom approprié, sinon qu'ils en empruntaient l'esprit aux haïkus dont l'acuité à rendre le réel était pour moi un exercice à la fois d'humilité et d'attention. Une attention pleine de prévenance pour les êtres et les choses les plus humbles.

Jusqu'alors je m'étais exclusivement préoccupé de mettre au point une langue poétique, persuadé – et en ça, bien de mon temps – que l'objet littéraire ne devait à rien d'autre qu'à lui-même. Il s'agissait de forger des phrases comme d'autres, dans des galeries ou au milieu de la place Pablo-Picasso d'une ville nouvelle, entortillaient du fil de fer ou exposaient des plaques de tôle rouillées. Un travail d'alchimiste obstiné enfermé dans son laboratoire au milieu de ses creusets et de ses cornues bouillonnantes, persuadé qu'il finira par trouver la formule philosophale pour de cette ferraille obtenir de la vaisselle d'or. Cet acharnement était moins un choix délibéré que la conséquence de mon incapacité à être au monde, que je mettais à profit en me penchant sur mes phrases comme notre oncle Émile sur le cœur mécanique de ses montres. « Je cherche l'or du temps », lit-on sur la tombe de Breton au cimetière des Batignolles. Je cherchais surtout à m'en sortir par le verbe. Et ce que je découvrais au kiosque, c'est que cet or poétique n'était que de la poudre aux yeux, un bouquet de fleurs de vent, et que l'élargissement, la sortie de ma prison intérieure qui était le châtiment de cette obstination à vivre penché sur la phrase, se paierait en livre de chair.

Ici, le monde défilait sous mes yeux, avait la gentillesse de se déplacer jusqu'à moi pour se faire connaître et m'apporter de ses nouvelles, lesquelles valaient bien mieux que celles qui tonitruaient à la une des journaux. Bien mieux parce que enracinées dans le corps même de ceux qui les portaient, dont les yeux s'embuaient au récit de leurs sept douleurs. Mais il y avait aussi ces scènes de la vie quotidienne qui dans l'encadrement du petit théâtre du kiosque offraient, comme en passant, une représentation permanente du grand théâtre de la rue de Flandre. Comment restituer ces instantanés en les donnant littérairement à voir ? À dire vrai, c'était la grande question pour moi, avec laquelle je me battais depuis plusieurs années, résistant aux appels du réel au nom d'impératifs formels, au point de considérer comme dégradant d'appeler les choses par leur nom. Car voir et chanter ne semblaient pas évoluer dans la même catégorie de l'esprit. Comment concilier les inconciliables ? Quelle place à la poésie quand on appelle un chat un chat ? La poésie, c'est la distance, c'est l'écart. Ce quelque chose qui ne s'entend pas « sans quelque méprise ». Oui, mais l'arracheur de navet dans son champ si embrumé que s'égare le voyageur. Alors comment passe-t-on du flou verlainien à la netteté du petit poème de Bashô ? Pas le même monde, bien sûr, pas le même rapport au monde, non plus. Là-bas, on s'en tient à ce qui est, ici on spécule, philosophiquement, métaphysiquement du fond de notre grotte platonicienne sur l'au-delà des apparences.

Dans ma solitude j'avais trouvé un compagnon de cordée avec qui partager ce même tiraillement entre la nécessité de rendre compte et l'aspiration au lyrisme, ce qui, ce dilemme, se trouve posé très tôt : Homère évoquant les « nefs aux joues vermeilles », là où Hérodote nous renseigne sur les coques vermillon des galères grecques. On parle bien de la même chose mais la formulation et la réception diffèrent. C'est précisément cette nuance de traitement qui fait d'Hérodote un historien et d'Homère un poète. Même si on a besoin d'Hérodote pour apprécier la métaphore d'Homère. Mais tout se joue entre cette galère vermillon et cette « nef aux joues vermeilles ». Ce qui ne se règle pas en lançant une pièce en l'air, où figurent l'une et l'autre sur chacune des faces. Avant la retombée vous savez déjà de quel côté vous vous situez. Science ou poésie. Esprit d'analyse ou de correspondances. Il faut choisir.

Mon compagnon de cordée était le fils bon à rien d'un médecin de Rouen. À un siècle et demi de distance, nous en étions au même point, lui et moi. Je suivais son combat pied à pied pour arracher les phrases du blanc de la page, ses emballements et ses découragements. Il avait eu la bonne idée de confier ses affres de créateur à sa maîtresse dont on se réjouit qu'il la vît peu, ce qui nous vaut par cet échange épistolaire le journal de bord de l'écriture et de la composition de son roman : son moral en berne, ses clous qui lui poussent au front, ses lamentations pour une page qui lui coûte une semaine, son dégoût pour l'histoire qu'il raconte, sa réticence à mettre dans la bouche de ses personnages des propos idiots avec le risque qu'on lui attribue leur idiotie, et ce questionnement constant : comment rendre au plus près les faits et gestes de gens médiocres à ses yeux, sans sombrer soi-même dans une médiocrité poétique. Avant de rejoindre Louise Colet, Flaubert a toujours une phrase à finir qui contrarie ce bonheur qu'il s'était promis de la retrouver. À dire vrai il en rajoute pour se justifier d'avoir à repousser son rendez-vous. Plus il va mal, plus la pauvre Louise doit se persuader qu'il n'a pas la tête à la bagatelle. Elle finira surtout par comprendre que son peu d'empressement avait d'autres raisons et elle le planta tout net d'un mot collé sur une porte, avant de se tourner vers d'autres amours.

On peut cependant lui concéder que s'il n'a pas la tête à « ça », c'est qu'il a engagé une lutte à mort avec une part essentielle de lui-même. À mort, oui. L'ennemi, qui se révèle imperméable au réel, se donnant de grands airs, se refusant à fréquenter le vulgaire, il l'a identifié et assimilé à une maladie mortelle. Bien décidé à s'en guérir, en bon fils de médecin il apporte une réponse chirurgicale : « s'opérer vivant du cancer du lyrisme ». Le lyrisme, un cancer ? Ce qui me retenait dans ce chemin de croix de l'écriture de *Madame Bovary*, ce n'était pas l'exigence – c'est bien le moins – ni les sentences de matamore (« Périssent les États-Unis plutôt qu'un principe » ou « que je crève comme un chien plutôt que de hâter d'une seconde ma phrase qui n'est pas mûre »), ni la sympathie (l'homme détestable quand il parle des femmes, et plus tard des communards qu'il voudra jeter à la Seine, pas très loin en somme de sa caricature du bourgeois), mais cette écriture contrariée dans ses aspirations.

On n'écrit pas ce qu'on veut. C'est le temps qui commande et impose sa loi.

Ici le milieu du XIXe et sa découverte furieuse du roman réaliste. Le jeune homme a beau rêver « de grands vols d'aigle », ce que l'époque exige de lui c'est un roman « terre à terre », « à la Balzac », selon les mots de Bouilhet après qu'il a subi quatre jours durant, avec Maxime Du Camp, le pensum à haute voix de *La Tentation de Saint-Antoine* dans le salon de Croisset. Alors tu t'y colles, dit le fidèle ami de Gustave. D'où la question. Quand l'époque n'est pas aux « éperdument de style », comment passe-t-on du vol souverain de l'aigle à l'arrachage du navet ? Autrement dit du ciel à la terre ? du plus loin au plus proche ? Flaubert était myope. Et pour le myope, le monde évolue à bout de bras, au-delà c'est le domaine du flou, de la rêverie, de l'imaginaire, de l'esprit et des esprits. Ce qu'il traduit littéralement dans une lettre à la délaissée : « Il y a en moi, littérairement parlant, deux bonshommes distincts : un qui est épris de gueulades, de lyrisme, de grands vols d'aigle, de toutes les sonorités de la phrase et des sommets de l'idée ; un autre qui fouille et creuse le vrai tant qu'il peut, qui aime à accuser le petit fait aussi puissamment que le grand, qui voudrait vous faire sentir presque matériellement les choses qu'il reproduit. » Deux bonshommes, deux points de vue : celui qui ne voit pas au loin et est obligé de se faire voyant, de rêver les lointains, et celui qui se penche le nez sur la page et s'attache à décrire son cercle de netteté, ce qui implique un labeur de fourmi. Ce qui résume très exactement l'art poétique du myope, et sur la myopie, j'en savais au moins aussi long que lui.

Mais si quitter les hauts du ciel et le domaine de l'idée signifiait fondre avec la brutalité du rapace sur l'arracheur de navet, la chose ne m'intéressait pas. Pas pour ça, la poésie. Car la déclaration flaubertienne se terminait sur la conséquence logique de cette prédation en piqué : « celui-là (qui creuse le vrai) aime à rire et se plaît dans les animalités de l'homme ». Comme si en quittant les très hauts, on était condamné à être un rustre, comme si sacrifier le lyrisme imposait de laisser libre cours à ses bas instincts, ce que Flaubert appelle l'animalité. Pauvres animaux, si tendres parfois. Ce qui amène à ses propos affligeants sur les femmes, traitées comme du bétail à l'abattage, et au portrait pitoyable qu'en dressent les frères Goncourt quand il se donne en spectacle en société : grossier, grivois, gras. Conclusion : manque d'amour.

Ainsi l'écriture ne se résumait pas à la lutte à mort entre le ciel et la terre, le chant et le rapport d'huissier, l'élégance et la vulgarité. On pouvait lui assigner une autre fonction : écrire pour aimer. Ce qui me conduisait à me poser une autre question : comment aimer ce qu'on n'a pas été sûr d'aimer ? Ce pays sans charme que tu as cherché à fuir, que tu as même renié en affirmant ne pas connaître ces hommes et ces femmes qui y vivaient et n'avaient que le tort de ne pas appartenir aux bien-nés, du moins à l'idée qu'on pouvait s'en faire quand de près, ceux-ci ne valent ni mieux ni moins. La réponse, c'est Bashô qui me l'offrit : en se penchant humblement sur la terre, comme un myope oui, en renseignant de la pointe de son navet celui qui s'est égaré dans le brouillard de sa myopie. Ce qui dit aussi la considération de l'autre, et la part du don. Alors le son aussi revient. On entend cet homme sous son chapeau de paille accompagner son geste de quelques mots : vous ne pouvez pas vous tromper, c'est tout droit. Et l'autre, le voyageur perdu, qui en remerciement feint de s'intéresser aux productions de l'automne, si le champ donne bien, si on peut en attendre quelque chose encore, et le paysan qui soupire : Après le chrysanthème / Hors le navet long / Il n'y a plus rien.

Alors selon ce modèle je notais sur un bout de papier : Mon vieux Chagall / A connu les pogroms / Dans sa jeunesse. Et je revois instantanément son petit chapeau pied-de-poule, sa gabardine bleu nuit sanglée à la taille, son air désabusé, presque ennuyé, quand il tirait son journal du casier haut perché. Et, dans le même mouvement, je revois son épouse qui à sa coiffure grise bouclée aurait pu venir de Loire-Inférieure, et l'autre lecteur sombre de *Notre parole*, et le jeune marchand de meubles, mon professeur de judaïsme, témoin de cet attachement des deux lecteurs à une langue disparue, m'expliquant que le yiddish a beau utiliser ses caractères, il n'a rien à voir avec l'hébreu, c'est une variante d'allemand augmenté au fil des siècles de mots tirés de tous les parlers et patois d'Europe centrale, de sorte qu'il est impossible de se livrer avec un texte yiddish à une interprétation kabbalistique où chaque lettre correspond à un chiffre. Suite à quoi je m'autorisais à demander à mon ami : et la Torah, et le Talmud, et la Haggadah ? Et il m'expliquait. Grâce à ses leçons, avec mes maigres souvenirs d'allemand, j'étais en mesure de comprendre à quoi renvoyait *Unzer Vort*. Oui, nos mots, notre parole.

C'est la seule trace que j'ai conservée de mes années au kiosque, ce petit carnet Rhodia à couverture orange, tenant dans la paume d'une main, où le soir je recopiais les haïkus de la journée. Il me suffit de le feuilleter et tout le quartier de la rue de Flandre reprend à s'animer. L'exercice m'occupa quelques mois, le temps que le monde me rentre par les yeux. Ce fut ma manière, ces petites pilules de réel, de me « traiter », de me purger de mes années formalistes, de m'opérer de mon lyrisme, d'« atterrir », c'est-à-dire ma réponse à l'injonction de Bouilhet suggérant à son ami Gustave, meurtri par la réception désastreuse de sa *Tentation de Saint-Antoine*, d'écrire un livre

« terre à terre ». Ce dont il se garda bien, lui, Louis Bouilhet, de prendre pour lui cette recommandation, puisqu'il s'engagea à ne jamais écrire que des vers. Il s'y tint. Pour un résultat nul. D'où cette sentence que je m'étais forgée après avoir découvert à quelle « conversion », à quelle « opération », avait dû se livrer Flaubert pour passer de la *Tentation* à *Madame Bovary* : le talent, c'est d'aller contre son talent. Autrement dit, si mon élan naturel me pousse à écrire de belles phrases sonnantes mais ne rendant compte que d'elles-mêmes, à moi de me dépouiller de cette quincaillerie poétique, et plutôt que l'écriture du rien, l'attention à des riens. Avec ce constat lucide qu'en l'état présent, le monde avait davantage à me dire que je n'avais à communiquer sur lui.

Je connaissais les règles contraignantes qui conditionnent l'écriture des trois petits vers japonais composant le haïku, lequel n'a que peu à voir avec l'usage que la poésie contemporaine en fait et qui ressortit souvent au plus paresseux des poncifs. Un haïku ne se limite pas à compter cinq, sept, et cinq syllabes, il doit dans la tradition japonaise, outre des contraintes de vocabulaire, intégrer des notions apparemment inconciliables : la permanence des choses et l'impermanence de la vie, l'éternel retour des saisons et la fugacité de l'existence. Ce dont ne se souciaient pas mes notules, préoccupées d'abord de cette saisie d'un moment de passage. De sorte qu'en souvenir de mes années mathématiques, et leur trouvant un effet de « formules » par quoi se résout quelque chose qui serait le rapport au réel, je les appelais des « primitives », ce que signifie le titre écrit à l'encre bleue sur la première page du carnet.

Ces « primitives », ces instantanés – et c'était pour moi l'enjeu – devaient jaillir spontanément, s'imposer avec la brutalité d'une « vision », aussi démunis que possible, sans effets, ne devant rien à une plastique où les mots et les images auraient été retournés dans tous les sens, remplacés après réflexion, testés, soupesés, empesés, besogneux, flaubertiens, en somme. D'ailleurs, Flaubert n'aurait pas apprécié les haïkus. Avec son mépris de classe il les aurait qualifiés de poésie de potager, ce qui aurait ajouté une ligne à son *Dictionnaire des idées reçues*. Mais Rimbaud oui, qui s'émerveillait « des enseignes et des enluminures populaires ». Ce qui était sa manière de se purger de l'héritage parnassien et des vers ampoulés dont l'ambition se limitait à se présenter sous le bon profil. Il s'en est fallu de peu qu'il en prît connaissance. Une quinzaine d'années après sa mort à trente-sept ans, le haïku trouvait ses premiers adeptes en France. Il servirait même à quelques poètes pendant la Grande Guerre pour restituer les visions d'horreur et la vie dans les tranchées. « Dans les vertèbres / Du cheval mal enfoui / Mon pied fait : floche. »

Pour l'instant je consignais mes instantanés du kiosque comme d'autres font des abdominaux ou des gammes. Rapporter comme ça vient, ne pas être entravé par les questions de forme, ne pas « sélectionner » les sujets sous prétexte que certains seraient plus valeureux que d'autres, mieux « en cour », aller au plus près, au plus humble. Et non avec l'idée d'en « faire » littérairement quelque chose. Qu'ils me désinhibent de mes principes flaubertiens, qu'ils m'ouvrent les yeux, qu'ils m'apprennent la vie des autres, qu'ils transforment ma cellule aux murs aveugles en palais de verre. Qu'ils soient mes fenêtres sur le monde.

Ils sont aujourd'hui, au moment d'évoquer le temps de la rue de la Flandre, mon calendrier de l'avent. Je n'ai qu'à ouvrir le volet de l'un d'eux et à trente ans de distance aussitôt la vie reprend. Comme si cette idée du temps présenté comme un effacement n'était qu'une farce. Quel temps ? « Femme en boubou / Malhabile / Sur ses talons. » Passant devant le kiosque une Africaine en boubou vert, et tête enturbannée du même imprimé, à la démarche bringuebalante sur ses talons hauts et fins. « Un lecteur de *La Croix* / Se devrait / De dire merci. » À quoi bon fréquenter l'église si on se montre infichu d'avoir un mot aimable pour son prochain. « À Buchenwald / Mais évite de se plaindre / Il était à la boulangerie. » Sa fille avait posé pour une couverture de *SAS*, dont on avait quelques exemplaires sur un tourniquet. « Avec son accent parigot / Tatave salue / Le doigt sur sa casquette. » Un vieux titi adorable qui parlait comme Raymond Bussières (un acteur du groupe Octobre avec les frères Prévert), et sous ses airs d'apache se nourrissait de romans à l'eau de rose et de nouvelles des *Veillées des chaumières* et de *Nous deux*. Un autre aurait prétendu que c'était pour sa femme, mais lui, non. « Dans un Tupperware / Mon repas du soir / De quoi fêter Pessah. » On me tricota aussi une écharpe, on m'offrit des livres, et cette fois, on m'invitait à partager la pâque juive. « Il était l'un des douze / Dans *Le Messie* / De Rossellini. » Un jeune acteur et réalisateur tunisien, à la coiffure afro, avec qui je parlais théâtre et cinéma et dont j'ai retrouvé le nom et le visage dans le générique du film. Ce qui m'a immédiatement renvoyé à nos échanges de jadis. Et celui-ci, un ancien baryton italien au teint lisse, un peu jaune, tiré à quatre épingles, d'une politesse exquise, qui chaque semaine nous prenait *La Settimana enigmistica*, une revue de mots croisés : « Il était à la première / De la jeune Maria Callas / Dans les arènes de Vérone. » Chaque été il retournait dans sa maison de Toscane où il animait des *master classes* de chant. Il avait connu les grands noms de l'opéra et du bel canto. Sa présence dans le quartier de Flandre était un mystère. De son délicieux accent italien, à propos d'Elisabeth Schwarzkopf, il me confiait en baissant le ton comme s'il craignait d'être entendu : Ma, elle n'avait pas de voix.

Et puis celui-là que je voyais arriver de sa démarche lente, un peu déhanchée, dans son blouson de cuir noir trop grand pour son corps malingre, par lequel il signifiait son appartenance au clan des durs. « La "banane" de notre Elvis / Un accroche-cœur / Sur son front. » Mais dur, notre Elvis, on avait surtout envie de l'aider. N'ayant pas assez épais de cheveux pour se confectionner une « banane » comme au temps des rockeurs, il se contentait d'un maigre accroche-cœur que pour mettre en forme il devait chaque matin enrouler autour de son doigt avec de la gomina. De son élocution laborieuse qui résultait peut-être de l'opération d'un bec-de-lièvre, ce qu'aurait caché sa moustache, il s'inquiétait : Vous n'avez rien sur le King ? Pensant à lui je mettais de côté tout ce qui me tombait sous les yeux concernant Presley, le moindre entrefilet faisait l'affaire qui illuminait ses yeux de cocker triste. Il attendait avec impatience le dixième anniversaire de la disparition de son roi, prévoyant une pluie de publications, n'imaginant pas une seconde que le monde ait pu s'enflammer entre-temps pour Michael Jackson par exemple.

Mais le roi n'avait pas attendu sa mort pour disparaître de la mémoire collective et la date fatale passa sans que la presse s'en émeuve. Ce qui chagrina notre Elvis qui s'en retournait abattu, nous offrant à lire au dos de son blouson, à la manière d'un homme-sandwich, les lettres argentées cloutées, disposées en arc de cercle, du prénom de son idole. Mais pour nous, Elvis, c'était lui. Ils avaient raison, les illuminés qui n'ayant jamais cru à sa disparition prétendaient que par un tour de passe-passe, c'était son jumeau qui avait donné le spectacle pénible de son corps gavé de crème de banane et de médicaments sur une scène de Las Vegas, d'ailleurs incapable de reproduire le fameux déhanché de sa jeunesse. Ils disaient vrai. Elvis n'était pas mort. Il se cachait rue de Flandre et dépassait de peu le mètre soixante.

Tout était en place dans le regard du myope. Les lointains embrouillés avec les pluies de Loire-Inférieure, les prières au ciel de la vieille tante Marie, les gaz de combat noyant la plaine d'Ypres dans une brume olivâtre. Et le très rapproché avec la pointe rougie d'une cigarette, le pliage d'un bulletin paroissial, et le journal intime du grand-père paternel où, nez sur la page, on peut traverser l'espace et remonter le temps. Pour la beauté, je m'en étais remis aux merveilleux primitifs flamands que j'avais découverts au Louvre et dont j'avais prélevé au kiosque un numéro qui leur était consacré d'une série encyclopédique étalée sur deux ans. J'ai encore, découpé dans ce même catalogue et collé sur une planche où un peintre décorateur avait testé des dégradés d'une poudre bleue, le portrait de sainte Barbe de Jan Van Eyck, dont il suspendit on ne sait pour quelle raison la mise en couleur, peut-être parce que le dessin est tellement beau de cette femme adossée à une tour gothique, le visage incliné, une longue plume à la main, qu'il se suffit à lui-même.

Peut-être que Jan en a été saisi au point de signer l'œuvre inachevée de son nom, en reprenant la formule fameuse JOHES DE EYCK ME FECIT 1437. Comme si Barbe elle-même attestait qu'elle ne devait l'existence qu'à celui-là qui l'a fait surgir de rien à la pointe de son crayon. Oui, Johes, ou Jan, tu l'as faite et bien faite. Ce n'est sans doute pas l'explication. Peut-être tout simplement que le commanditaire s'est montré mauvais payeur ou s'est désisté, ou que l'emplacement prévu pour le petit tableau a été occupé par un rival, mais dans ce geste arrêté alors que deux-trois essais de peinture orange et bleu apparaissent dans le ciel et sur la robe de la sainte, on aperçoit tout le soubassement minutieux des tableaux de Maître Jan. Un art de myope aussi dans cette restitution au plus près des moindres détails. Où dans le dos de la sainte un grouillement humain s'agite pour achever la tour flamboyante – inachevée elle aussi. Ou bien est-ce cet inachèvement de la tour qui a conduit à l'inachèvement du tableau ?

Un homme pousse une brouette sur laquelle repose une pierre volumineuse, deux ouvriers préparent le mortier qu'ils mélangent au moyen de deux bâtons, des portefaix transportent une cuve, un treuil monte un moellon tout au sommet de la tour, des femmes de la bourgeoisie assistent à l'événement, une troupe de cavaliers au loin vient aux nouvelles. Alors ça avance ? Ce qui énerve Jan, qui pose son crayon. Si vous trouvez que ça ne va pas assez vite, finissez la tour vous-mêmes. Mais à ce stade préparatoire où reste à poser les couleurs, rien ne manque, jusqu'au moindre détail méticuleusement rendu de cette dentelle gothique. Ou comment ramener le lointain à portée de main, juste sous le nez.

J'ai tout de suite adopté Jan comme un membre de la famille. Ayant lu que le dessin se trouvait exposé au Musée royal des beaux-arts d'Anvers, j'entrepris de faire le voyage, en m'arrêtant à Bruxelles, Gand et Bruges, suivant à la trace ce semis de beauté déposé dans les musées par les artistes de Flandre. Ce fut un éblouissement et une leçon. Rogier Van der Weyden, Memling, Gérard David, les frères Van Eyck, tout en conservant l'humilité médiévale devant le sacré, avec cette idée que rien n'est trop beau pour les princes du Ciel, posaient le même regard bienveillant sur les êtres et les choses. Et dans un rendu de la Création si précis que sur le retable de *L'Agneau mystique* exposé dans la cathédrale Saint-Bavon, à Gand, qui n'était pas alors présenté derrière une cloison de verre, les botanistes ont identifié plusieurs centaines de fleurs et de plantes qui tapissent la grande prairie verte au centre de laquelle trône l'agneau sur l'autel rouge du sacrifice. La même attention respectueuse que chez Bashô et les fous du haïku, mais avec ce souci supplémentaire de présenter le monde dans un écrin. C'est l'œuvre de Dieu, tout de même. Ça mérite qu'on s'applique. Ainsi, on pouvait rendre la réalité sans l'avilir, ni la déshonorer, sans voir dans la Création uniquement la source du mal et dans l'homme un animal, en lui offrant ce que d'ordinaire on réservait à la Vierge et aux saints, dans un scintillement d'or et de pierreries : la beauté. Ce qui pouvait se traduire ainsi : la Création rend grâce.

De ce voyage a longtemps subsisté une quinzaine de feuillets où sur le mode de mes instantanés du kiosque j'avais tenu à conserver une trace de cette rencontre avec les maîtres flamands. Au recto de la chemise cartonnée on lisait « Primitives / Primitifs – Paris-Anvers », ce qui rend ce voyage contemporain de mes préoccupations d'alors. Le tapuscrit a disparu, non de mon fait cette fois, car j'y tenais. Sans doute abandonné dans mes fuites successives. Mais je me rappelle deux ou trois de ces « primitives », notamment devant le panneau de l'Annonciation du retable : « Entre son pouce et l'index / L'ange annonce à Marie / Un bébé grand comme ça. » Ou encore, ce qui m'avait frappé, ce souci zéro d'un quelconque réalisme historique. Tous les personnages évangéliques étaient vêtus à la mode flamande dans un décor familier. Et avec plus de vérité que si Jan et son frère les avaient déguisés en gueux de Galilée. J'avais noté devant une crucifixion de l'un d'eux : « Marie au pied de la croix / Comme en Chanel / Une vierge contemporaine. »

Quelle liberté d'esprit et de forme. Cet anachronisme de la restitution ouvrait un espace poétique plus vrai que nature. Comme dans ce tableau de Van der Weyden où saint Luc (vraisemblablement un autoportrait de ce bon Rogier) dessine le visage de la Vierge. Ou dans cet autre du même où une Marie Madeleine rêveuse, en coiffe blanche et robe verte, lit assise par terre adossée contre un mur. Or aucune des deux scènes ne figure dans les textes sacrés, pas même dans les apocryphes. Comme si Marie Madeleine avait passé son temps à lire avant de nettoyer les pieds de Jésus en les inondant de parfum et de les sécher de sa chevelure, et Luc à inlassablement recueillir dans son carnet à dessin les acteurs de la petite troupe qui accompagnaient le rabbi. Le bon Rogier les sortait du carcan totalitaire du texte pour leur donner une vie hors champ, hors dogme. La leçon que j'en retirais c'est que la restitution du réel ne contraint pas nécessairement au réalisme. J'avais la preuve sous les yeux qu'un irréalisme poétique rend compte tout aussi fidèlement du monde. Nul besoin de soulever le voile des apparences, avec cette idée qu'on nous cacherait quelque chose, il suffisait de le secouer de la poussière des préjugés et du temps et de le faire briller comme un sou neuf.

Le manuscrit était prêt. Il avait bénéficié des leçons des poètes japonais et des primitifs flamands, des estampes d'Hiroshige et de l'art de la description du nouveau roman, il s'était nourri de toute l'humanité du kiosque, de tous ces témoignages des rescapés des guerres de la vie. Avec mes souvenirs qui remontaient à mesure que j'écrivais, j'avais reconstitué la tapisserie de mon enfance, laquelle se composait de trois panneaux. Comme un retable. Ouvert, les deux grands-pères encadraient notre sainte Marie des écoles. D'un panneau à l'autre, au-dessus de la tête des miens, je pouvais voir l'orage couvant, puis menaçant, puis éclatant dans le déluge de la guerre. Refermé, il contenait toute mon espérance. De lui j'attendais qu'il me sauve.

Quelques mois plus tôt, anticipant que peut-être je m'étais bercé d'illusions, venant à douter que brûler ses vaisseaux fût l'unique mode opératoire pour avancer dans la vie et craignant que je ne reste marchand de journaux jusqu'à l'âge de la retraite, j'avais répondu à une petite annonce où l'on recherchait un « concepteur-rédacteur ». Elle était suffisamment vague pour me retenir au lieu que la plupart réclamaient des compétences ou des diplômes que je n'avais pas. Il faut croire que les gens du kiosque avaient réussi à me donner confiance en moi puisque cette fois je choisis l'encadré non dans les emplois sans qualification mais dans les pages réservées aux cadres d'un hebdomadaire d'actualités. Je n'avais aucune idée de la fonction recherchée ni dans quel domaine elle s'exerçait, mais il me semblait que concevoir et rédiger, c'était dans mes cordes. N'ayant rien à faire valoir dans mon CV où se bousculaient les métiers de peu, je pris sur moi d'écrire une lettre qui serait en soi la réponse à la demande formulée. Voilà un candidat qui sait rédiger et concevoir, conclurait à sa lecture la personne chargée du recrutement en se frottant les mains après qu'il eut reposé les deux feuillets sur son bureau.

Il y avait un obstacle cependant à ce moment d'extase. Présentez-vous et dites ce que vous avez fait, recommandait l'annonce. C'est là que les choses se gâtaient. Avec mon CV comme un gruyère je n'allais pas m'inventer un parcours dans les hautes sphères ni me défendre de ma situation présente, aussi je résolus de percer tout de suite l'abcès : « Cher Monsieur, J'ai 36 ans. Ce que j'ai fait, me demandez-vous, grosso modo, rien. » Il me semblait que par cette entame spectaculaire j'attirerais immédiatement l'attention et marquerais des points. De lettre semblable, il n'en recevrait certainement pas. Les uns et les autres préférant étaler leur savoir-faire, quitte à en rajouter. Au lieu que moi, on ne me suspecterait pas de tricher. Cette franchise affichée, claironnante, ne pouvait provenir que d'un esprit original, indépendant, inventif.

Selon l'annonce une réponse était assurée à toute demande de candidature. À toute, sauf à ma lettre démente que le lecteur ne prit sans doute même pas la peine de lire jusqu'au bout. J'en étais pourtant tellement fier que j'en avais réalisé une photocopie que j'ai relue avec un mélange d'admiration et de profonde tristesse. Hors jeu, hors piste, hors concours. Bien trop tard pour postuler à quoi que ce soit dans la société. Il ne me restait que ses bords où j'étais déjà. Je n'imaginais pas à quel point j'avais perdu pied avec le monde des gens normaux. Oui, la lettre d'un dément. Mon Dieu, comme j'ai de la peine pour celui-là qui lançait des bouquets d'artifice sur sa page et dont j'entends aujourd'hui, au lieu des oh émerveillés devant ces grains de mimosa éclatant dans le ciel d'été, les ricanements du recruteur s'apprêtant à régaler l'assistance par une lecture à voix haute, à moins que par charité il l'ait discrètement jetée au panier. Ce qui pour moi ne changeait pas grand-chose. Ne voyant pas de réponse venir, je sus désormais à quoi m'en tenir sur mon statut dans le monde du travail. Selon toute probabilité j'étais condamné à mener cette existence à la petite semaine, sans reconnaissance, sans argent, sans autre talent que de savoir sourire et rendre la monnaie, à vie.

Je n'avais pas de chance avec ma correspondance. En tout et pour tout je n'aurai écrit que deux lettres pour du fond de ma solitude tenter de me mettre en avant. La première lettre, écrite un ou deux ans avant celle-là, était adressée à un écrivain dont j'avais lu avec passion l'ouvrage sur Rimbaud. J'avais aussi pris soin de photocopier mon texte avant de l'envoyer et si sa lecture me rend triste encore c'est que je pourrais toujours la signer. Trente ans plus tard, l'auteur me confia se souvenir parfaitement de cette première phrase qui comparait la vie de Rimbaud à un dessin de Rorschach avec cette pliure au milieu de sa vie correspondant à son franchissement du col du Saint-Gothard dans la blancheur éblouissante d'une page de neige. Pourquoi ne m'as-tu pas répondu ? Parce que ta lettre était magnifique, me dit-il. Pourquoi ne m'as-tu pas répondu qu'elle était magnifique ? Décidément, le monde me refusait son entrée. Je n'avais plus comme dernière carte que ce manuscrit sur l'histoire de mon enfance et de ses morts en série dont j'attendais qu'il me fasse entrer dans la vie.

Mais ce passeport de ma Loire-Inférieure natale, je pouvais redouter que sa date de validité fût depuis longtemps périmée. Tout concourait dans ce livre des morts à ce qu'on me renvoie la double accusation infamante de réaction et de nostalgie. Au lieu que j'avais simplement consigné la pauvre actualité de mon enfance. Ç'avait été un long chemin d'accepter cette carte du ciel de ma naissance, et le kiosque et sa longue cohorte des exilés m'y avaient aidé, mais cette fois j'y étais. J'étais comme le jongleur de Notre-Dame déposant le meilleur de lui-même au pied de la Vierge. Cette offrande était un manuscrit. J'acceptais de n'être que celui-là qui jongle avec les phrases et un imaginaire de brocanteur. Je n'entendais bénéficier d'aucune faveur, j'étais préparé à cette idée de ne valoir rien, j'en acceptais déjà le verdict pourvu qu'on m'ait honnêtement jugé sur pièces. Je ne demandais ni fortune ni gloire, mais qu'on me reconnaisse un talent poétique. Une fois celui-ci reconnu, j'étais prêt à vendre des journaux et à balayer le trottoir devant le kiosque jusqu'à la fin de mes jours. Mes maîtres japonais n'avaient pas possédé beaucoup plus qu'une cabane. Bashô est le nom du bananier qui poussait devant sa hutte.

J'avais un autre compagnon de route avec lequel je partageais ce pari insensé d'avoir misé toute sa vie sur l'écriture et d'en attendre le salut. Il venait de mourir quelques années plus tôt dans sa maison de Pacific Palisades en Californie où, en dépit de son aversion pour le cauchemar climatisé américain, il était retourné vivre après un long détour par la France. C'est la guerre qui l'avait chassé d'Europe. Il était venu au début des années trente à Paris parce qu'à New York il lui était impossible de s'affirmer comme écrivain, se sentant comme un poisson hors de l'eau, étranger en son propre pays. Parce que le regard des autres le voyait comme un raté. Parce qu'il se moquait bien de ce que la société attendait de lui, qu'il grimpe les échelons de la Western Union Telegraph où il était directeur du personnel. Parce que lui, ce qu'il voulait c'était écrire. Dans une lettre à Frédéric Jacques Temple qui fut son biographe, Henry Miller se confie : « Je n'ai jamais eu aucune aptitude à gagner ma vie. Je n'avais non plus aucune ambition. Mon seul but était de devenir écrivain. » Et plus loin : « Je n'ai jamais eu personne sur qui m'appuyer, qui me conseille ou me dirige. » Ayant lu à peu près tout ce qu'on pouvait trouver en français de sa main, jusqu'à sa correspondance avec Durrell, je m'appuyais sur lui.

C'est l'avantage des livres, qu'ils effacent le temps, les différences de langue et de pays. À Miller j'enviais cette liberté profonde qui le voyait discourir sur les espaces infinis et trois pages plus loin clouer des bardeaux sur un toit. Sans cette liberté-là, écrire ne valait pas la peine. Il n'avait pas eu à choisir entre le cancer du lyrisme et la vie quotidienne. Avec un immense goût de la vie, il avait tout pris du ciel et de la terre, sans se livrer à un tri dédaigneux de ce qui était poétiquement valeureux ou pas.

J'ai encore une photo encadrée de lui prise dans sa cabane à Big Sur où derrière son bureau, un béret incliné sur la tête, une cigarette au bout des doigts, il donne le sentiment d'un vieux sage chinois. Mais derrière ce Miller écrivain reconnu, je n'oublie pas en filigrane cette souffrance ancienne de n'être pas et qu'il dut attendre d'avoir quarante-deux ans pour voir son premier livre publié. Leçon de patience et de ténacité. Sur ce point je n'avais rien à lui envier. Simplement, je m'approchais de la date critique. J'entrais à trente-sept ans dans cette zone où tout devrait se décider. Je n'aurais plus l'excuse des années de formation. Si là je n'étais pas au point, je ne pouvais m'en prendre qu'à ma mauvaise étoile. Je n'étais pas le bon. En cas de refus il conviendrait de ne pas se raconter d'histoires. Mon objectif dans ce cas, et je m'y préparais, serait de ne pas devenir amer, d'assumer ce mauvais pli dans mon jeu, de n'en vouloir pas plus à soi qu'aux autres. L'ironie bien entendu étant d'avoir tiré cette mauvaise carte.

Après avoir bataillé avec le texte au point de l'amputer d'un quart et de jeter au panier huit mois de travail de ce qui constituait alors la seconde partie du livre, j'avais confié le manuscrit à la poste, m'évitant l'inconfort d'un dépôt dans une maison d'édition où tout vous montre que vous n'avez rien à faire. J'attendais la réponse. Nous n'étions plus que deux à tenir le kiosque. M. le peintre maudit était parti en Bretagne, le corps ruiné par les excès, découpé en morceaux, un orteil d'abord, puis un pied, puis une jambe jusqu'à mi-cuisse, puis une autre jambe. De son lit de souffrance il m'envoya des années plus tard par la maison d'édition un appel à l'aide. Les raisons pour lesquelles je n'avais pas répondu ne tenaient pas à lui, mais elles me restent encore en travers le cœur.

Plutôt que d'alterner comme nous en avions l'habitude, P. avait choisi de tenir le kiosque tous les matins, me laissant les après-midi, ce qui m'arrangeait bien ayant toujours eu du mal avec les levers à l'aube. Ce n'était pas la réception des quotidiens du soir qui prenait beaucoup de mon temps. N'ayant plus à m'occuper de la mise en place des magazines et du retour des invendus, je passais mon après-midi à commenter l'actualité avec les habitués, à parler du quartier avec les amis marchands de meubles, à observer le défilé des passants dans l'encadrement de notre théâtre de poche. Bien qu'en ayant terminé avec mes exercices poétiques – il était trop tard de toute façon, maintenant que le manuscrit était envoyé – je continuais par habitude, lorsqu'une scène me frappait, de noter en quelques mots économes la perception que j'en avais du fond du kiosque.

Dans le petit carnet à couverture orange, elle est la dernière que j'ai enregistrée. « Une femme en larmes / Quelle peine lui vaut / Un si grand chagrin ? » Un chagrin gigantesque, phénoménal. Tout en marchant elle se tenait le visage entre les mains. Elle ne hurlait pas mais son corps entier, secoué de sanglots, était l'expression d'une plainte déchirante. La vision ne dura que quelques secondes, le temps de franchir les quelques mètres de trottoir, après quoi les passants disparaissaient à mes yeux, mais elle me projeta au cœur de la détresse du monde. Peut-être en écho à mes larmes semblables versées à la mort de Mozart dans la série télévisée qui lui avait été consacrée – larmes dont je compris par la suite qu'elles étaient l'expression d'un long chagrin refoulé, pleurant à plus de vingt ans d'écart la disparition d'un homme jeune aussi, larmes qui avaient été la source de ce livre – mais dans l'instant tout s'effaça de mes espérances individuelles de salut. Quelle pauvre gloire littéraire face à la douleur de cette femme. Alors, me rappelant mon enfance, je me suis tourné vers le ciel. Seigneur, je renonce à mon manuscrit mais faites que cette femme retrouve la paix. Quelques jours plus tard elle repassait devant le kiosque, apaisée. De retour le soir même dans mon immeuble j'ouvris ma boîte aux lettres. La réponse de l'éditeur m'attendait. La lecture en fut rapide. C'était une lettre type de refus, en dépit de, nous avons le regret, etc., sans aucune autre considération pour le texte. Je l'ai glissée dans la corbeille à papiers accrochée en dessous des boîtes et j'ai dit : « Merci Seigneur. »

DU MÊME AUTEUR

Le livre des morts

Les Champs d'honneur
Minuit, 1996
Flammarion, 2019

Des hommes illustres
Minuit, 1993, 1999

Le Monde à peu près
Minuit, 1996

Pour vos cadeaux
Minuit, 1998

Sur la scène comme au ciel
Minuit, 1999

La déposition du roman

L'Invention de l'auteur
Gallimard, 2004, 2005

L'Imitation du bonheur
Gallimard, 2006

La Femme promise
Gallimard, 2009, 2010

La vie poétique

Comment gagner sa vie honnêtement
Gallimard, 2011, 2012

Une Façon de chanter
Gallimard, 2012, 2013

Un peu la guerre
Grasset, 2014, 2015

Être un écrivain
Grasset, 2015

Manifestes littéraires

La Désincarnation
Gallimard, 2001, 2002

Misère du roman
Grasset, 2015

Marginalia

Les Corps infinis
(peintures de Pierre-Marie Brisson)
Actes Sud, 2001

Préhistoires
Gallimard, 2012

La Fiancée juive
Gallimard, 2008

Évangile (selon moi)
Éditions des Busclats, 2010

Éclats de 14
Dialogue, 2014

Stances
Éditions des Busclats, 2017

La Splendeur escamotée de Frère Cheval
Ou le secret des grottes ornées
Grasset, 2018

Théâtre

Les très Riches Heures
Minuit, 1997

La Fuite en Chine
Les Impressions nouvelles, 2006

Bandes dessinées / Livres pour la jeunesse

Les Champs d'honneur
(dessins de Denis Deprez)
Casterman, 2005

Moby Dick
(dessins de Denis Deprez)
Casterman, 2007

La belle au lézard dans son cadre doré
(illustrations de Yan Nascimbene)
Albin Michel-Jeunesse, 2002

Souvenirs de mon oncle
Naïve, 2009

Autres ouvrages

Jean-Michel Vecchiet, autoritratto
Actes Sud, 1991

Régional et drôle
Joca seria, 2001

Sage passage à Tanger
Domens, 2004

Manifestation de notre désintérêt
Climats, 2013

Tout paradis n'est pas perdu
Chronique de 2015 à la lumière de 1905
Grasset, 2016

Plumes et Goudron
Le Petit Écart, 2019

L'Avenir des simples
Petit traité de résistance
Grasset, 2020

RÉALISATION : NORD COMPO À VILLENEUVE-D'ASCQ
IMPRESSION : CPI FRANCE
DÉPÔT LÉGAL : MARS 2020. N° 143977 (3037287)
IMPRIMÉ EN FRANCE